奇怪的系列 1

수상한 아파트

奇怪的公寓

文／朴賢淑 박현숙 圖／張敍暎 장서영 譯／林盈楹

目次

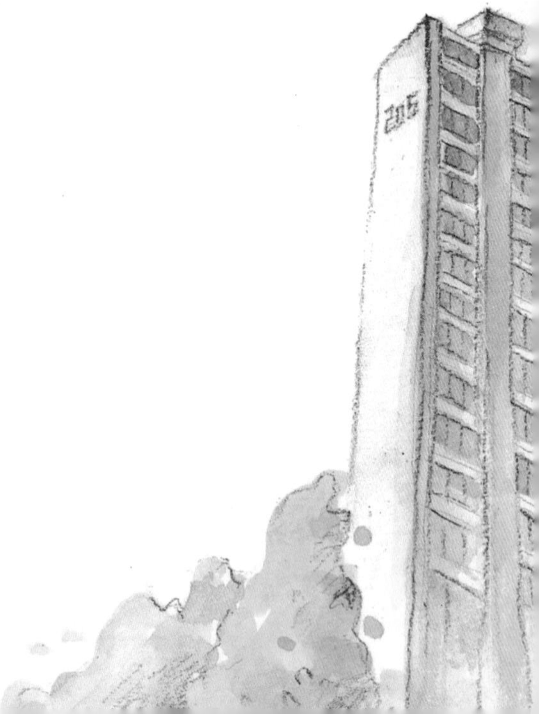

去姑姑家

「802號」，打開玄關門的那一瞬間，我徹底幻滅了。來路不明的霉味，和散落一地的鞋子，充斥在凌亂不堪的玄關門前。我環顧眼前客廳、右邊廚房，以及敞開房門的房間。厚厚的灰塵，連踩過的腳印都清晰可見，還沒洗的髒衣服散落在每一個角落。

「太瘋狂了。」我心想這裡真的是姑姑住的地方沒錯嗎？

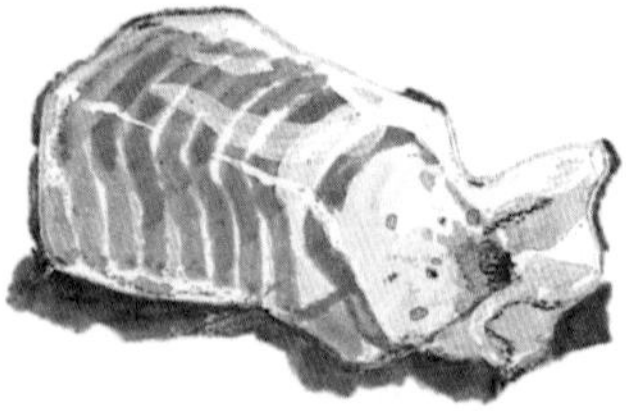

這和我記憶中姑姑的樣子實在是太不一樣了，記得姑姑總是散發著甜甜香水味，哪怕衣服只是沾了一小粒灰塵，都要用膠帶把它仔細黏下來。

我脫下運動鞋踮著腳走進去，隔著襪子的腳尖還是感覺得到黏黏的。我把背包放在客廳，走到廚房去想倒杯水喝，瞥見單人餐桌上放著一包吐司和一罐果醬。看到麵包的我突然餓了起來，靠近一看卻發現食物上竟然長滿了黑糊糊的黴菌，還有沒吃完而且不知道放了多久，看起來像石頭一樣的麵包。此外餐桌上放著的餐刀，也鋪著灰白一片的灰塵。東西如果沒吃完，要不是冰到冰箱裡，就是乾脆丟掉。這又不是廢棄屋恐怖體驗，實在難以相信這是讓人居住生活的家，就連廚房的牆壁上，都掛著蜘蛛網。

嘟嚕嚕嘟嚕嚕。

這時口袋裡的手機響了起來，是姑姑打來的。「有順利找到地址嗎？進去先吃點東西吧！打開廚房櫃子的話，可以看到裡面貼有幾間餐廳的名片貼紙，妳身上有帶錢吧？」

姑姑自顧自地說完她要說的話，不等我回答就匆忙掛斷了電話。

真是冷漠無情！好歹也該問我一句「有沒有找得很辛苦呀？」或是「房子這麼亂，沒有嚇到妳吧？」說幾句這種關心人的話是會少一塊肉嗎？對手機翻了翻白眼後，我就把它放進口袋裡。其實姑姑這個人光是走近她身旁，都能感到冷風颼颼地吹，加上姑姑不善於表達，逢年過節親戚們聚在一起的時候，姑姑也只簡單回答他們問題。

仔細想想從來沒有見過姑姑說很多話的模樣，不過我倒是很喜歡姑姑這一點，或許就是因為這樣，我才會沒有絲毫猶豫的說出「我要去住姑姑家」這樣的話。

「妳什麼時候開始跟姑姑這麼要好啦？」我一說要去住姑姑家的時候，媽媽就說了這句話。媽媽說得沒錯，我跟姑姑根本談不上要好，平時我們幾乎沒說過什麼話。不過人與人之間就算說了很多話，也不代表彼此就很合得來。雖然我沒辦法清楚解釋出什麼道理，但我感覺得到自己和姑姑有某些部分很相通。

「姑姑自己住得好好的，她應該不會想要妳去打擾她，不然妳去奶奶家吧！」媽媽反對我去姑姑家。因為媽媽說自己住的人，都不喜歡別人去干涉他們的生活，所以我到時候肯定會看姑姑臉色過日子。

「不要，我要去姑姑家。」我打算堅持到最後，因為我討厭去奶奶家。奶奶的話非常多，奶奶一開口，她的話就像從線團裡拉出線頭一樣，沒完沒了看不見盡頭。如果她只是自言自語還沒關係，但奶奶的每句話，到最後都一定會提問。大多都是問媽媽和爸爸為什麼感情不好，或是我對他們之間的狀態有什麼想法之類的問題。

一點點微不足道的小事都能讓爸爸和媽媽吵架，就連吃飯的時候，為了不先吃飯而先喝湯這種事情，他們都能吵起來，甚至還吵了四天。

去年春天，他們因為牙膏吵了一個星期。媽媽說她擠牙膏時習慣

從中間開始，爸爸要求她擠牙膏時要從底部開始擠。

明明只要回答一句知道了就可以結束的話題，媽媽卻問爸爸從中間擠和從底下擠又有什麼差別，硬是和他爭執了起來。如果我是爸爸的話，我會讓媽媽愛怎麼擠就怎麼擠。可是爸爸卻在媽媽每天刷牙的

時候，跟在她旁邊管東管西。

媽媽於是更加故意的把牙膏從中間啾一聲地擠了下去，爸爸便火冒三丈，大發雷霆。在我眼裡絕不可能吵起來的事情，他們卻怎麼樣都可以吵起來。

我才不想和奶奶聊那些繁雜瑣碎的細節，就連我這個小學生看來，都覺得爸媽的行為很幼稚。但不管怎樣，身為女兒的我如果到處跟別人說自己的父母很幼稚，也是一件很丟臉的事情。

「如果自己住，就不需要為了那種事情吵架。」我是這麼想的。我已經厭倦了一天到晚看父母爭吵，這就是為什麼我很羨慕姑姑。

「好吧！反正只是去住一陣子，就叫爸爸去拜託姑姑，等媽媽安頓下來，就馬上去接妳回來。」媽媽最終還是拗不過我的固執。

而此時此刻的我來到了姑姑家，不禁開始懷疑自己做的決定是否正確。我好像有點後悔了，我以為姑姑就像她外表看起來的那樣，過著優雅的生活。

眼前這到處積滿灰塵和髒衣服亂丟的房子，是我想都沒想過的景象。我原本幻想的是像電視上那些獨自生活的女性一樣，有著漂亮的床、香噴噴的廚房，還有清香四溢的廁所。然而開門的一瞬間，這份幻想便徹底破滅了。

我的姑姑是個不婚主義者，據說姑姑在23歲時第一次起了這念頭，直到現在35歲也依然沒改變想法。奶奶曾說姑姑搞得她寢食難安，奶奶還說要看到姑姑結婚，她才能夠安心的離開這個世界。

我希望姑姑永遠不要改變心意，我也想跟姑姑一樣不要結婚，自己一個人生活。這是我看著動不動就因為幼稚小事而爭吵的父母，自然而然產生的念頭。而這個念頭在父母終於決定離婚的那一刻，轉成了我堅定的決心。

廚房櫃子的門後亂七八糟地貼著厚厚的貼紙，每一張都是炸雞店、披薩店，還有宵夜外送的餐廳名片貼紙。「這到底是要我叫什麼東西來吃啊？」我不高興地碎唸著。

在父母決定離婚前夕他們又大吵一架，媽媽那陣子幾乎都沒有煮飯。那時的我每天吃炸雞和披薩，吃到都膩了，現在就連炸雞和披薩的字都不想看到。放棄點餐的我踮著腳尖走回玄關，一邊穿上運動鞋，一邊再次環視髒亂的屋內，心裡邊喊著「真的太亂了吧！」便趕緊走出姑姑家。可是電梯一直停在22樓，即使等待了好長一段時間，電梯卻一動也不動，我再次不高興的碎念著「才第一天就遇到一堆怪事」。

我朝著那一動也不動的數字翻了個白眼，便決定走下樓。我都已經走到1樓了，電梯還停在22樓。「這不用看也知道，一定是某個愛惡作劇的小鬼按著電梯不放，你這個臭小鬼就不要被我逮到……」我一邊嘟囔著，並瞄了一眼電梯。

「咦？不對。」我腦中突然閃爍一下，這是專為獨自生活的人們所建造的公寓，這裡的居民幾乎都一個人住，照理說不會有小孩的家庭才對。難不成是大人在玩電梯惡作劇嗎？那他還真是幼稚又無聊啊！

我一口氣吃了三個飯糰和一碗泡麵，就連泡麵湯都被我喝的一滴

不剩。即便如此，肚子還是沒有飽的感覺，於是我又買了一包海鮮味濃厚的餅乾來吃，這才感覺滿足，我邊走邊吃從便利商店裡出來。

回到姑姑公寓「哇！電梯還停在22樓。」不管怎麼按，電梯就是一動也不動。

「電梯壞了吧！如果故障了，就要趕快請人來修，不是嗎？」我一想到要爬樓梯走到8樓，眼前就一片黑。正無可奈何地朝著樓梯走去的時候，電梯開始動了。21樓、20樓……叮！電梯很快就到了1樓，電梯門打開後裡面空無一人。

嘟嚕嚕嘟嚕嚕。

手機響了，是爸爸打來的。「順利到姑姑家了嗎？記得別給她惹麻煩，要乖一點。爸爸找到房子後，就馬上去接妳。要好好聽話，不要太好奇。」媽媽也說過等她安頓好就來接我，和爸爸說的一樣。

爸媽離婚時，除了我是沒辦法讓他們平分的，其他所有的東西他們都公平地分成了兩半。從婚後共同積蓄，到公寓、汽車賣掉的錢全平分。假設人也能切半對分的話，應該也會把我拿去平均劃分了。

看似公平的過程裡，他們其實不知道我並不想跟著父母其中一人。我想學習姑姑獨自生活的方式獨立生活。和他人生活實在太不自由，尤其像媽媽這樣喜歡干涉別人，總是嘮叨個沒完沒了的人，或是像爸爸那樣固執己見，動不動就暴怒發火的人。和他們那樣的人一起生活，絕對更加辛苦難耐。雖然13歲要獨自生活稍嫌過早，但也不是絕不可能的事情，只要像姑姑有一間公寓就行了。

我和爸爸說：「不然您買一間公寓給我嘛！好不好？像姑姑家那種公寓就好。」爸爸隔著電話吼著：「妳在說什麼？總之爸爸很快就去接妳了，在姑姑家要乖，知道嗎？」爸爸吼完就掛電話了。

電梯叮一聲後停下來，門慢慢地打開，我抬頭看樓層數字。是22樓！哎呀！我只顧著講電話，竟然沒按8樓。我不自覺地吞了一下口水，從剛剛就一直讓人感到不對勁的22樓，這樓究竟住什麼樣的人呢？然而門打開之後，電梯前空無一人。

「搞什麼啊？」我朝電梯外大喊後，按下8樓的按鈕。過程就像被人惡整了一頓，我握緊了拳頭，不管是誰，最好不要被我逮到！

走出電梯後，我一邊輸入門鎖密碼一邊轉頭看電梯。「搞什麼啊？」我喃喃自語的說著，看到樓層顯示18、19、20、21、電梯又上去22樓了。接著肩膀突然一陣發麻，前臂起滿雞皮疙瘩、背脊發涼。

我火速進到房子裡，碰！門在我背後一關上，雙腳便瞬間失去力氣軟了下來，感到心臟狂跳不停，嘴巴口乾舌燥。

22樓究竟住了什麼人？

22樓很可疑

「22樓?誰知道。」姑姑冷漠地回答，一邊把勾到腳的髒衣服用力踢開，然後踮著腳走進房裡。

「電梯老是上去22樓，真的很奇怪。」我認真嚴肅地說。

「那有什麼好奇怪的？一點都不奇怪好嗎?羅如真！不要好奇別人家的事。這裡的人大部分都自己住，有些人雖然是逼不得已才一個人生活，但也有很多人是因為和其他人住在一起很麻煩又不自在，才

選擇獨自生活的。他們就是想自由自在的過日子，這些人最討厭別人對自己好奇這好奇那，管東管西的，所以請妳不要對別人家的事感興趣。」姑姑捏著我的鼻子扭了一下，並對我眨了個眼。

「讓我想想，房間只有一間，所以我們只能擠一間共同生活了呢。如真妳就睡地板吧！我可從沒睡過地板！」

我當然也沒睡地板過，但房子主人這樣要求，我也只能照做。

姑姑洗了抹布後到房間擦起了地板，但她完全是亂擦一通，加上抹布沒扭乾，地板變得濕濕滑滑的。

唉，糟透了。我本想搶去姑姑手上的抹布，拿去洗一洗後再擦一次地板的，但我還是忍了下來。

「如真，雖然妳是我的姪女，但姑姑是有話直說的個性，我要告訴妳住在這要遵守的規定。」姑姑邊說邊從櫃中拿出棉被，就將它直接攤在沒乾、溼滑的地上。這樣濕氣會浸透棉被，難道姑姑連這都不知道嗎？我很想說些什

麼，但還是忍了下來。

「家裡很髒亂吧？」原來姑姑也有自知之明啊。「只要請打掃阿姨來的話，當然可以乾乾淨淨的過日子。」

我剛才也想過，姑姑是雜誌社記者。而且還是韓國銷售量最高的雜誌，薪水應該也不少，姑姑不缺錢才對。

「但我討厭別人來我家，看到我生活的樣子。就算私底下邋遢，這種生活讓我感到舒服自在。也就是說，我會繼續以我喜歡的方式生活。所以我是不會負責照顧妳的，不要期待我煮飯給妳吃。」

姑姑接著一長串的說：「平常我三餐都外食，但我會買米放在家，妳小學六年級了，應該會煮飯來吃吧？配菜的話，商店街好像有賣小菜的店，妳就去買來吃吧！對了，好像也有麵包店，早餐吃麵包應該比較方便。我看過麵包店的告示早上7點30分有烤好的麵包出爐，要趁早去買！聽說剛出爐的麵包都很快賣完。告示上也提醒了10分鐘內完售的事，所以妳動作要夠快！另外，我有洗衣機，要洗衣服就自己看著辦吧！等一下！我不太確定洗衣機還能用嗎？因為我的衣服都送到洗衣店。總之妳就先試試吧！妳學校放一個月的假吧？反正妳爸說很快就來接妳，就算我們一起住有點不自在，還是試著好好度過這段時間吧！錢我就放在化妝台上囉！」

「我會自己做好該做的事，姑姑不用擔心。」我面帶微笑，充滿自信的回答。看樣子姑姑原本以為我會哀哀叫吧？姑姑像是感到意外似地聳了聳肩膀，順手把角落的小狗玩偶丟給我，讓我作枕頭。

姑姑坐在電腦前直到深夜，她像要栽進電腦裡似地盯著螢幕，一邊敲打著鍵盤。我聽鍵盤聲當搖籃曲，緩緩進入夢鄉。

睡夢中，我隱約聽到什麼東西沙沙作響，但不知道是不是太晚入睡的緣故，我無法睜開眼睛。那聲音很快地平靜下來，接著聽見「碰」一聲關門，周圍便一片寂靜，我又再次陷入熟睡。

當我醒來，看到化妝台上面放了錢，姑姑早已不見蹤影。

7點20分！我跳了起來。我用手背迅速地搓搓臉，把眼屎、口水痕跡清掉，沒有媽媽管的第一天，就用起床不洗臉來展開。

我拿著錢出門，我想表現給姑姑看，讓她知道我可以做得很好。這樣姑姑說不定會說就算不是放假，我也可以和姑姑一起生活下去。為了實現這個夢想，首先我要先吃到早上剛烤出爐的麵包當早餐。

電梯正從24樓下來，它沒有停靠23樓，卻在22樓停了下來。我的心跳突然加速，電梯分別在19樓、17樓、13樓停了一下之後，便直接來到了8樓。

電梯門打開了，我小心翼翼地走進去。電梯裡每個人都面向牆壁站著，有白髮蒼蒼的老爺爺、帽子壓得低低的年輕男子、看起來四十幾歲的叔叔，還有長頭髮穿著短裙的小姐和胖胖的阿姨。

五個人簡直像一幅畫似的，面對連鏡子也沒有的牆壁站著。他們一動也不動，我仔細觀察這些人的背影，誰是住在22樓的人呢？

電梯在6樓停下來，一個頭髮用慕斯抓得像刺蝟的男人進入電梯。那個男人一走進來空間內立刻充塞濃郁的香水味，那個男人也面向牆壁站著。

搭電梯時要面壁，難不成是這棟公寓的規定？這和我以前住的公寓實在是太不一樣了。通常鄰居一進電梯就先打招呼問候彼此，互相熟識的話會大聲問好，如果只是見過幾次面的人，也會點點頭打個招呼。

嗯，但這樣也挺不錯的。我望著人們的後腦勺，想起以前樓下那

位鄰居阿姨。樓下阿姨的嘴巴一刻也沒合起來過，就連搭電梯也沒完沒了地講個不停。

「如真啊，昨天妳媽和妳爸又吵架啦？他們又一邊吵一邊扔東西啦？我家天花板差點要塌下來了，呵呵呵。」

樓下的阿姨如鬼神般地對爸媽吵架的日子瞭若指掌，並且只要在電梯裡遇見我，就一定會問我這些。而且她才不管電梯裡是否還有其他人在，真是傷人自尊。

「如真啊，最近妳爸媽都不吵架啦？有點安靜得不合理啊？呵呵。」家裡如果安靜幾天，樓下的阿姨又會這樣問。

「這和阿姨有關嗎？像您這樣管太多，是非常不好的習慣。」某次我實在忍不住了，瞪大眼睛反問。樓下阿姨當場滿臉通紅，不知該如何回應我。在那之後，為了不想再遇到樓下阿姨，我改成爬樓梯上下17樓。按照那阿姨的個性，她絕對會和遇到的鄰居說，住在17樓的如真是個頂撞長輩、沒教養的小孩。所以比起碰面就隨便干涉別人事情，面壁根本好太多了。

麵包店裡人非常多，雖然有好幾張桌子，但大部分的位子都有人。店裡每個人都是一個人坐，他們一邊吃著麵包配咖啡，一邊盯著手機。剛才一起搭電梯的刺蝟頭和白髮老爺爺也進入麵包店，刺蝟頭迅速地結帳兩個紅豆麵包後，便走出了麵包店，而老爺爺則是外帶杯子蛋糕和牛奶。老爺爺不知道是不是腿不太舒服，走路一跛一跛拖著右腳。

我買了香腸麵包後找了個位子坐下，學其他人邊盯著手機邊吃。我吃完後一走出麵包店，就遇到在電梯裡見過的帽子男，他拎著一個塑膠袋走著，袋上印有健康小菜的字樣。

他住在哪一樓呢？說不定是22樓。我放輕腳步聲，悄悄地跟在他的後面。

嘟嚕嚕嘟嚕嚕。

我被手機聲嚇了一跳，於是停下腳步。帽子男這時突然回頭看了一眼，我趕緊轉過身，並接起電話。

「喂？」

「是媽媽，還好嗎？姑姑

對妳好嗎？吃過早餐了嗎？」

「姑姑對我很好，也有吃早餐，行了吧？」我想趕快掛斷電話。

「妳早餐吃了什麼？」

「麵包。」

「怎麼會吃麵包？應該要吃飯。姑姑沒煮飯給妳吃嗎？我就知道。就是因為這樣，我才叫妳去住奶奶家，妳怎麼說要去住姑姑家。」

媽媽開始嘮叨起來。

帽子男悠悠地走進公寓裡。

「媽媽，我現在在忙。」

「妳有什麼好忙的？」

媽媽接著說既然都這樣了，讀書更不可以怠惰。她叫我早晚都要背英文單字，要我寫數學習題，還要我多閱讀等等，說個沒完沒了。

「好啦，我知道了。」

不管媽媽說什麼，我都無條件回答我知道了，然後快步走進公寓。帽子男早已上樓了，電梯正從3樓下來。沒過多久，一個老奶奶從電梯裡走了出來。

嘟嚕嚕嘟嚕嚕。

媽媽又打了電話過來。

「又有什麼事？都是因為媽媽啦，害我錯過了。」

「錯過什麼？不要老是做些奇奇怪怪又沒意義的事情，知道嗎？

對了，爸爸有打給妳嗎？」

什麼叫奇奇怪怪又沒意義的事。

「有打。」

「他說了什麼？」

「叫我要聽姑姑的話，要乖一點。」

「爸爸沒說別的嗎？」

「什麼別的？」

「沒有啊，就……。」

「沒有說別的了。」

我沒有把爸爸說找到房子後要來接我的事情告訴媽媽，如果說了的話，媽媽一定又會和爸爸吵架。他們現在見不了面，說不定會用電話吵到電話爆炸，搞不好還會把我劃分成兩半各自平分。

「媽媽現在在找工作。等找到工作，媽媽就會在上班地點附近找房子，然後就可以去接妳回來了，知道嗎？」

媽媽有力地說完「知道嗎？」三個字後，就掛斷電話了。

我站在玄關，望著屋內，不由自主地嘆了口氣。該打掃一下嗎？反正我也要把昨天穿過的衣服洗一洗，要不要順便連姑姑的一起丟進洗衣機呢？

「還是不要好了，不用想也知道，姑姑一定會不高興，反正也沒有必要。」

比起沒事找事，自己累個半死後還要被唸，不如當作沒看到。就算很髒亂，也還是忍一忍吧。髒到看不下去的話，就把眼睛閉起來，味道很臭的話，就把鼻子塞住用嘴巴呼吸，沒什麼難的。

我把陽台的紗窗都打開來，至少空氣是可以讓我隨心所欲調控的。

我沒有任何事可做，無聊到快發瘋了。我拿出手機滑來滑去，但很快就覺得厭煩，只好又放下手機。

「米今天傍晚會買回去，中午先叫外送吃。」姑姑傳了訊息過來。

「沒有除了披薩、炸雞、宵夜以外的其他餐廳電話嗎？那些食物我都吃膩了。」我回覆了姑姑的訊息。

「那種小事自己想辦法處理不是更快嗎？妳出去晃一圈就可以解

決了吧？」姑姑每一字每一句都好尖銳，就像刀刃一樣鋒利。

啊！我突然驚醒過來，我差一點忘了不管怎麼樣，都不能讓姑姑不高興。於是我馬上回傳訊息給姑姑，告訴她我會自己搞定。

我的肚子還不餓，我走到客廳，拿抹布擦拭了我要坐的範圍後，便一屁股癱坐下去，然後按下電視遙控器。但不論我怎麼按，電視就是打不開。就連我直接按電視上的電源開關，也還是一樣的結果。

「壞了。」

我把遙控器扔到一邊。

獨居的姑姑特點：一是骯髒凌亂會忍耐、二是生活不便也忍耐。

6:49

我划了划手機通訊錄，接著撥通了美芝的電話號碼。

「如真嗎？妳在柬埔寨嗎？吳哥窟和照片上一樣壯觀嗎？」

美芝以為放假的這段期間，我人在國外旅行。美芝知道我的夢想是成為一名歷史學者，所以她一直說這根本是為我量身訂做的旅行，比我還更加興奮。

「妳不是說要去看看石頭之間到底有什麼嗎？妳看了嗎？如真妳終於能正式發揮妳的探險精神了。石頭堆起來的樣子真的都和照片上的一樣嗎？」

美芝因雀躍而提高了音量。

「嗯。」

石頭堆的樣子沒看到，倒是看了很多衣服堆的景象。

「聽說柬埔寨沒有像其他旅遊勝地那麼乾淨，是真的嗎？」

再怎麼不乾淨，應該也很難超越我姑姑家吧？我可是第一次見到如此髒亂的房子。

「妳打國際電話應該不能講太久吧？妳什麼時候回來？」

我沒機會再回原本的社區，以前住的公寓已經賣掉了，而且開學後我也會轉到新的學校去。

我和美芝通著電話，心中同時感到很抱歉。美芝和我從一年級開始就是最要好的朋友，美芝對我沒有任何的秘密。就連她爸爸媽媽吵架的事情也會全部告訴我，可是我卻沒辦法做到像她那樣。爸媽離婚，接著我們搬家，這些事情我通通無法如實地告訴美芝。我們雖然是最要好的朋友，但是如果連那種事情都要鉅細靡遺地交代，實在是太傷自尊心了。

留意生人！

我在7點20分的時候準時走出玄關，這樣一來，電梯就會經過24樓，22樓、19樓、17樓、13樓之後，準確地停在8樓，獨自生活的人們，時間觀念似乎更精準。

兩天過去後，我也學會面壁，好像自然而然地就被同化了。如果6樓的刺蝟頭進入電梯，而我沒有面壁的話，我就會和他對到眼。而

我又不想和他打招呼，但不打招呼，就這樣大眼瞪小眼也很奇怪，那不如就面壁站著還更舒服自在。這樣想下來，感覺自己似乎也越來越適應一個人生活了，不由得感到一股欣慰。

「如真啊，我昨晚回來時，看到電梯裡貼了張什麼東西，讀完我差點沒嚇死。」姑姑今天難得睡比較晚，她洗完頭出來後，一邊擦頭一邊縮著肩膀說話。

「什麼東西啊？」我昨天買小菜回家的時候，明明就什麼也沒有。

「說公寓最近很多戶遭小偷，要大家多加留意。因為公寓都是獨自生活的人，所以白天幾乎每戶都空無一人。妳也在這住了幾天，應該知道白天很難在公寓裡看到生人的。」

何止是生人，每次出門時甚至會產生一種錯覺，好像這座空蕩蕩的城市裡，就只剩我獨自一人。而且哪有什麼白天之分，晚上根本也差不了多少。只要過了下班時間，每家每戶只有燈光是亮著的，完全聽不見任何一點人類的聲音，像是一座亮著燈火的空城。

「妳回家的時候要小心留意生人！記得要先確認沒人跟在妳後面，然後再按門鎖密碼，知道了嗎？搭電梯時，如果有人妳就搭下一班，避免小偷可能會跟著妳。還有妳千萬記住，最重要的是絕對不要干涉別人的事。這世界上很多壞人會藉由跟妳裝熟後接近妳，一定要銘記在心！」

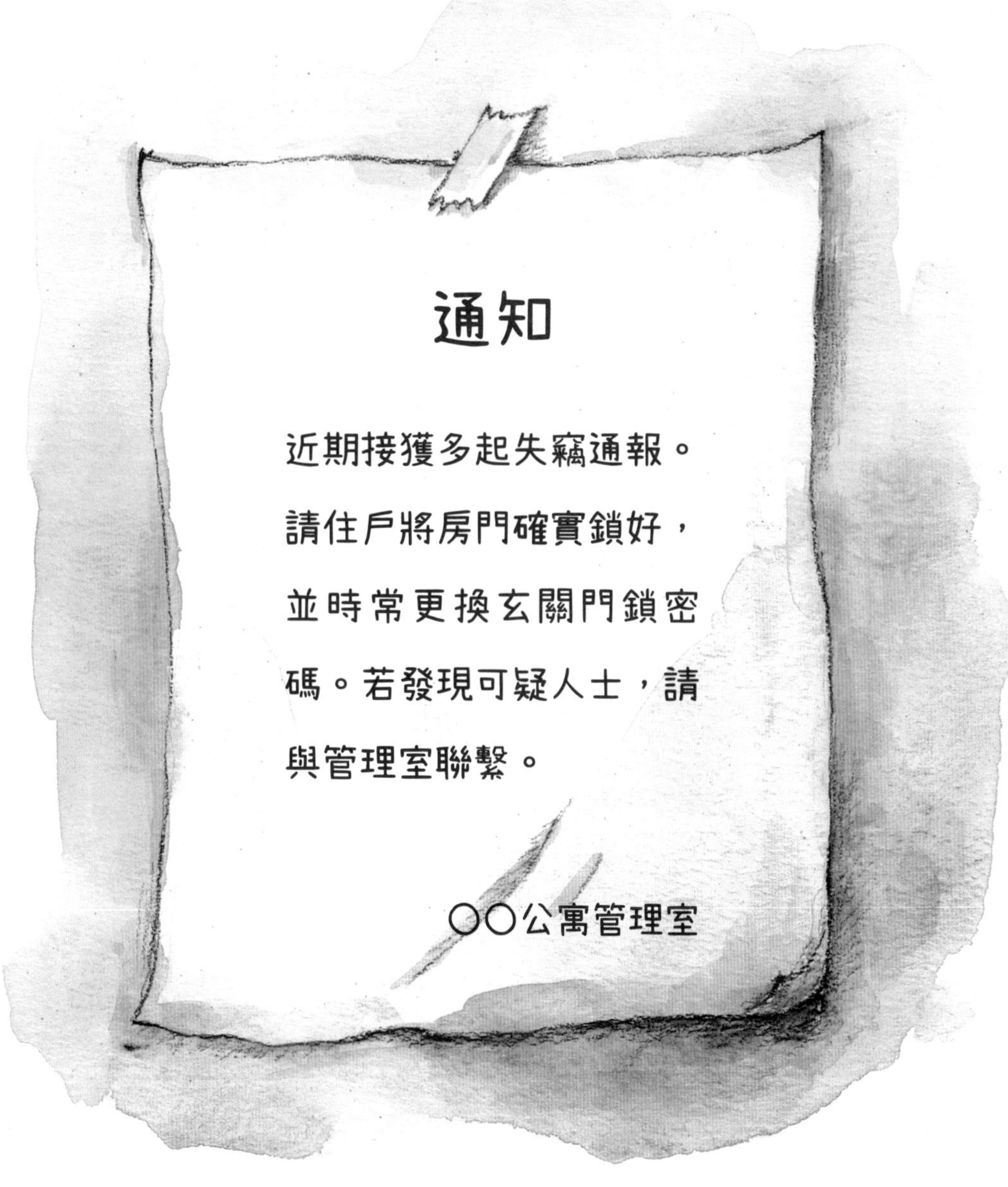
通知
近期接獲多起失竊通報。請住戶將房門確實鎖好，並時常更換玄關門鎖密碼。若發現可疑人士，請與管理室聯繫。
〇〇公寓管理室

我一邊聽姑姑說，腦中一邊想著電梯前貼著留意生人的警語，就像奶奶的房子貼了留意惡犬的警語。

「最可怕的就是人。」姑姑又縮了縮肩膀。也是啦，看新聞都是和人有關的案件和意外。聽姑姑一說，我也不自覺地起雞皮疙瘩。

姑姑說她接下來每週都換一次密碼才安心，說完就出門上班了。

「回家時要一人搭電梯！確認沒人尾隨才按密碼！絕對不干涉別人的事情！留．意．生．人！」我不斷低聲複誦姑姑提醒過的話。

我今天出門晚了，7點20分才走出家門，電梯正從9樓下來，電梯內貼著姑姑說的那張公告。

我快速打量人們的後腦勺，有傳聞小偷是對公寓瞭若指掌的人，也就是說小偷很可能就在這些人當中。這時正望著貼有公告那面牆的帽子男進入我的視線，為什麼他每天把帽子壓得低低的呢？我突然很好奇。

今天電梯裡沒刺蝟頭，真奇怪，明明這陣子刺蝟頭每天都在這時間搭這班電梯。不知道發生了什麼事，這也讓我好奇起來。

我不停偷瞄電梯裡的人們，但他們看起來根本不在乎誰搭電梯，就不聲不響地盯著牆壁看。抵達1樓後，我第一個走出電梯，走出前瞄了一眼6樓按鈕。「為什麼刺蝟頭今天沒搭電梯呢？」我喃喃自語，邊走邊想這問題。

刺蝟頭的家是左邊還右邊那間呢？「是我多管閒事嗎？鄰居的事跟我無關啊！」我甩甩頭讓自己不再繼續想下去，同時我的視線落到正在走出電梯的白髮老爺爺身上。

老爺爺用一隻手抓著即將關上的電梯門，另一隻手則將一個巨大的塑膠袋拽下來。那塑膠袋看起來非常重，他使盡力拼命地拽，塑膠袋還是一動也不動，老爺爺抓著門喘氣。

「該幫忙嗎？」我猶豫了。

雖然我想馬上衝去幫忙，卻沒辦法那樣做。

「唉，少提點東西出門不就輕鬆了。」

我悄悄地向老爺爺走去，就在這時。

嘩噠噠噠。

正當我疑惑這響徹公寓的吵雜聲是怎麼回事時，突然一隻皮鞋從樓梯滾下來。

「啊，都要忙死了。」緊接著一隻腳穿著皮鞋，另一隻腳只穿著襪子的刺蝟頭衝下樓梯。

刺蝟頭撿起皮鞋穿上後，用手指抓瀏海讓它豎立。同時，他臉上掛著不悅的表情，斜眼瞥向電梯，老爺爺直到那時都還在跟塑膠袋搏鬥著。

「繁忙的早上怎麼可以佔用電梯？我們做人就不該給別人造成麻煩嘛！」刺蝟頭不滿地碎碎唸著，然後就走掉了。

「不該給別人造成麻煩。」這句話刺進了我腦中，我差一點就要隨便干涉別人的事情。雖然我覺得應該上前幫忙，但說不定老爺爺反而覺得很煩。就在我勸自己少管閒事，並下定決心要轉身離開的那瞬間，我和老爺爺對上了目光。那因疲累而通紅的臉，滿是皺摺的額頭，還有殷切盼望的眼神！那眼神是什麼意思啊？是請求我幫忙嗎？

「絕對不要干涉別人的事」姑姑的聲音突然在腦海響起。好吧！還是不要多管閑事，我轉身一溜煙地跑出了公寓外。

我站在麵包店前觀察老爺爺，他手上拽著的那包是垃圾袋，到底有多少垃圾要丟，竟然裝那麼大一袋，如果把它們分裝成小袋來丟的話不是更輕鬆嗎？

「唉，我管別人倒垃圾用什麼尺寸袋子？又不關我的事。」我敲了敲自己腦袋。

老爺爺倒完垃圾後，跛著腳朝我的方向走來。老爺爺每走幾步就休息一下，喘口氣再走幾步又再休息一會兒，就這樣反覆循環。

我趕緊進入麵包店，掃視著剛出爐的麵包。老爺爺也來到麵包店，並買了蛋糕。

「您今天不買牛奶嗎？」麵包店的店員詢問老爺爺。

「我最近消化不太好。」老爺爺從口袋裡掏出用碎布縫製的錢包，將他那關節粗大的手指伸進錢包內，翻找一陣子才撈出兩千韓圓遞給店員。

「蛋糕很軟，蠻好消化的。」店員一邊把蛋糕裝進袋子裡，一邊對老爺爺說。老爺爺微微地點著頭，提起袋子走出去。我隔著玻璃窗盯著老爺爺的背影看，直到他漸漸消失在我的視線裡。

我今天沒買香腸麵包，改買核桃吐司。我撕下熱騰騰的吐司放進嘴裡，邊走邊吃走出麵包店。

「今天做什麼好呢？」仔細想從出生以來，好像不曾擁有如此充裕的時間。從幼兒園開始到現在，每天忙得不得了，真想不透為什麼世界上要有這麼多的補習班。

雖然是一大早，陽光卻很刺眼。我左顧右盼，總算找到了適合享用麵包的地方。在不遠處樹下的長椅，前方還有一座噴水池。比起滿是垃圾和灰塵的姑姑家，那裡絕對是更棒的地方。我坐好正要開始吃吐司時，突然接到美芝打來的電話。

「如真啊～嗚嗚。」美芝哭著說。「我打越洋電話給妳，電話費應該會超級貴吧？但我不打給妳說出來的話，我憋在心裡憋到都要爆炸了！如真啊，我媽和我爸因為我而大吵一架。昨天補習班有考試，就是最近那個數學先修課程啦。結果我小考成績慘不忍睹，就這樣我媽和我爸爭執到凌晨。這種事有需要吵架嗎？又不是大考，就只是一次課堂測驗而已。」

這的確會讓人心煩到爆炸，但比我爸媽好太多了，我爸媽連擠個

牙膏都能吵起來。美芝說想離家出走，到一個不用讀書的世界去一個人生活。聽她哭得這麼傷心，我差點不小心說出我也打算一個人生活，所以正在學習獨自生活的方法。

「對了，如真妳在吃什麼啊？」美芝吸著鼻涕問。「吐司呃不對，是炒蟋蟀。」

「什麼？炒蟋蟀？還真的有那種食物啊？好吃嗎？」「嗯，超級好吃。」我和美芝說回去時也買一包炒蟋蟀給她，便掛斷了電話。

我和美芝一樣，每次爸媽吵架時，也都會哭得很傷心。有時因害怕而哭，有時因丟臉而哭，有時也會因生氣而哭。

我吃完整條吐司後便站了起來，現在再也不用看到爸媽吵架的樣子了，想到這裡心情就像飛起來似的無比輕盈。爸媽的心情一定也跟我一樣，既沒有吵架的對象，也沒有能吵的事情，該有多輕鬆自在啊。

整個公寓在人們如退潮般離開後，變得非常安靜。從現在直到傍晚下班時間為止，公寓裡都空無一人。

電梯停在22樓，我小心翼翼地按下按鈕，電梯馬上就下來了。電梯門打開，正走進電梯的我突然停下腳步。空蕩蕩的電梯內放了一個巨大的塑膠袋，那黑色塑膠袋不知裝了什麼？好像隨時會撐爆似的。

我站到電梯角落，並按下8樓。「呃啊！」電梯一動，那鼓鼓的塑膠袋也跟著扭動了一下。

佈告

我緊緊抓住電梯的把手，我就那樣瞪著那包塞得鼓鼓的塑膠袋，恨不得望穿它似地。塑膠袋一動也不動，好像剛剛全都是我的錯覺一樣。

「是我看錯了嗎？」我疑惑地歪著頭，不知不覺就抵達8樓。我火速衝下電梯，並按了門鎖的密碼。與此同時，我依然不停地用餘光偷瞄著電梯，電梯上樓了。我握著門把並盯著電梯上去的樓層。

22樓！電梯在22樓停下來。我的胸口感到一股涼風吹過，耳朵像是耳鳴似地聽不到任何聲音，我就像失了魂，進到家裡後用力拉上門，住22樓的人到底是誰？

是白髮爺爺嗎？還是啤酒肚叔叔？還是帽子男？難道是胖胖的阿姨？到底是誰？還有，電梯裡那包塑膠袋裡面，究竟裝著什麼？

被誣陷成小偷

我決定要調查22樓究竟住誰，方法很簡單。在早上7點20分前，到22樓去看一看就知道了。只要偷躲在樓梯觀察，神不知鬼不覺連老鼠和小鳥都不會發現。

雖然已下定決心不干涉別人的事，但這好奇實在令我按耐不住。

可能太緊張，我凌晨就醒了。跟其他日子比起來，今天的時間走得更加緩慢。

終於等到姑姑出門上班，7點13分！我決定先搭電梯到20樓，再走樓梯上去，這樣好像更安全。

電梯正從11樓下來，它在10樓和9樓各停一下，電梯終於到8樓，電梯門打開了。我其實不是要下樓，但不小心按錯，原本打算不搭這班電梯，卻因為對其他人不好意思，還是無可奈何地搭了。搭到1樓再上樓的話，時間還來得及。然而，電梯每樓都停，每樓都有人進來，這比我預想中花費了更多時間。

我焦躁起來，電梯總算抵達1樓。等所有人出去後，我急忙按下20樓的按鈕。

7點18分了，電梯終於來到20樓，門一打開，我便飛快跑向樓梯衝上樓。我跑到21樓的時候，確認了一下電梯此刻的樓層。電梯從23樓下來，剛停在22樓，來不及了！我開始往下跑，只要跑到19樓等電梯的話就行了。

嘩噠噠噠。

吵雜的腳步聲嚇到在19樓電梯前等待的人，是帽子男！他朝我看過來。電梯此時已經抵達19樓，門正緩緩打開。

躲著偷觀察的計畫宣告失敗！

我和帽子男一起進電梯，啤酒肚叔叔和老爺爺也都在電梯裡。我不停偷瞄面壁站著的兩人，看來當中的其中一人就住22樓。

今天要更早也更快行動，姑姑一出門上班，我就上去22樓。我躲在樓梯門後方，今天絕對不會失敗的，我的胸口咚咚劇烈地跳動著。

不久後「嗶唧，哐！」聽到了開門後又關上的聲音。

7點19分！我深吸一口氣，悄悄地探出頭來。

老爺爺提個塑膠袋在電梯前，那黑色塑膠袋不是專用垃圾袋，我緊盯著看，恨不得能看穿它。但只看出裝著圓型物體，並且相當平滑沒任何凹凸不平。

在老爺爺搭上電梯下樓後，我也跟著走樓梯下樓。如今已查明是誰住在22樓，但老爺爺每天搬運的東西是什麼呢？

當我走進麵包店時，老爺爺正在買蛋糕。他原本提著的那包黑色塑膠袋已不見蹤影。我仔細觀察他的臉，滿是皺紋的額頭、格外尖挺的鼻子、凹陷的眼睛，還有長滿老人斑的皮膚。

老爺爺拿錢付了蛋糕費用後，便提著麵包店的袋子離開了。

「我可以問您幾個問題嗎？」我買三明治時，問了店員。

「當然可以！」店員親切回答。

「剛剛外帶蛋糕的老爺爺，為什麼每天都吃蛋糕啊？」

「當然是我們的蛋糕好吃囉。」店員面帶微笑地回答。

「除了好吃，有什麼特別的理由？」店員聽完，歪了歪頭並皺起雙眉，臉上一副覺得不過買蛋糕，要什麼特別理由的困惑表情。

「那位老爺爺自己住嗎？」

「應該是吧，所以才會每天早上都只買一個蛋糕外帶啊。這間公寓裡住著很多獨居的長輩，妳都問完了嗎？我要幫下位客人結帳了。」才一下子我後面已經站了三個等待結帳的客人。

我坐在樹下的長椅，一邊吃麵包一邊思考著。「自己住的話，照理說不太會有什麼垃圾，這點看姑姑就知道了。」

老爺爺拎出門的塑膠袋，剛看已經不見了，一定是老爺爺拿去丟了。明明是自己生活，每天到底有什麼東西可丟呢？

嘟嚕。

爸爸傳來了簡訊「有好好吃飯嗎？有乖乖聽話吧？不要又好奇一堆有的沒的去煩姑姑！爸爸昨天看一間公寓還不錯。接下來準備簽約，再等爸爸一下下。」

「又好奇一堆有的沒的」被這句刺中的我馬上打電話給爸爸。

「爸爸，我是只搗亂惹事的小孩嗎？」我故意大聲發脾氣。

「如真，怎麼對爸爸的話這麼敏感？看妳的大反應，感覺很可疑！妳真的有乖乖聽話吧？」

「吼唷，爸爸為什麼把我說的話……好啦，我知道，爸爸不要擔心。」我沒繼續說下去，我看著遠處垃圾桶突然想到，那是裝了專用垃圾袋的垃圾桶！我趕緊掛斷電話，朝那個方向跑去。

老爺爺拎出門的塑膠袋如果丟掉的話，一定就在那垃圾桶裡，因為他拎的不是專用垃圾袋。不過在我們以前住的公寓裡，也常看到有人拿非專用的一般塑膠袋來倒垃圾。這社區也許也有那種人，他們會像間諜似的謹慎查看左右兩方，然後迅速地把垃圾丟掉。

我打開垃圾桶的蓋子朝裡面探看，迎面而來一股熱氣和嗆人的惡臭！我抬頭望向天空深吸一口氣後，又再次把頭伸進垃圾桶裡。

沒有！即使把最上層的塑膠袋撥開往裡面看，也沒看到黑色塑膠

袋的蹤影。翻找了好一陣子後，我一抬起頭，便感到一股暈眩感襲來。藍天在我眼裡變得黃澄澄的，垃圾腐爛的臭味縈繞在我的鼻尖揮之不去，我感覺噁心想吐。

回到家後我趕緊沖了個澡，還洗了頭。

「媽媽很快就要開始上班了，好開心。」是媽媽傳來了簡訊。

媽媽說了「好開心……」那個每天皺著眉頭管爸爸所有事的媽媽，開口閉口每句話都充滿了煩躁的媽媽。那樣的媽媽現在竟然說她好開心，這真是個好消息。但我內心的某處卻有種說不清的難過，不知道為什麼心情就是好不起來。

「爸媽兩人都過得很好，很棒啊。爸爸要簽約新的公寓、媽媽要開始新的工作。」我假裝有人在聽我講似地大聲說話，一邊努力地想掃去在我內心翻攪的難受滋味。現在爸媽就算分開生活，真的都能各自過得很好了啊，這對大家來說都是好事。爸媽都開心就不用再看他們吵架的我也應該開心，但我的心情到底為什麼會這樣呢？

我把亂放在陽台的吸塵器拿出來，我先把扔得到處的髒衣服放進洗衣機裡，再把每個角落的灰塵都掃乾淨，然後打開吸塵器。嗡嗡嗡，我隨著吵雜的吸塵器噪音勤快地動作，就這樣那股情緒也一點一點被清理了。

「我這是在做什麼？」看著亮晶晶的房子，我恍然回神。

就連洗得香噴噴的衣服也完美地晾好了，忽然一股擔憂湧上來，萬一姑姑罵我怎麼辦？總不能再把它弄亂吧？

打掃全告一段落後，我撲通一聲地躺到了床上。

「沒事的，不會有事的。一直想吵架的事情，想到我都累了還是睡覺吧！」我緊緊閉上眼睛。

「羅如真！妳給我起來！」聽見姑姑叫我的聲音，我猛然睜開眼睛。我的脖子滿是汗水，背也濕成了一片。已經到了姑姑下班回家的時間了嗎？我到底睡了幾小時啊？我看了一下窗外，窗外還是亮的。

「妳到底在胡搞些什麼？」姑姑劈頭就罵，是因為我打掃房子的關係嗎？就算不高興我擅自打掃，也不用發這麼大的火吧？

「我接到管理室打來的電話。」姑姑張嘴大吼到我都能看見她的喉嚨深處。

難道是我打掃時太多噪音，讓樓下住戶打去說我太吵？

「真是太誇張了吧？打掃房子是犯了什麼大罪？」這些自己住的人就是怪異。看他們搭電梯時，都面壁站的樣子就知道了。

「好啦！我知道了以後不會再這樣了。」

「所以妳真的做了那些事？」姑姑漲紅了臉問。

「對。」

「妳說對？天啊！我該拿妳怎麼辦才好啊。」姑姑急跺腳。

「先去警察局自首，不對，應該要先聯繫我哥才對，也要通知妳媽媽才行，妳到底是怎麼開門進去的啊？」

我開始緊張了起來，怎麼會說到警察？自首又是什麼意思啊？難道這間公寓裡打掃，就被警察抓走嗎？不會吧，怎麼可能。

「妳再跟姑姑如實地交代一次，妳真的做了那些事情是嗎？所以電梯裡貼的那張通知，上面說的小偷就是妳嗎？」

「啊？」我驚訝得張大嘴巴。

我今年13歲，讀國小六年級。個子不高也不矮，體重也符合我的年紀，外表長得不漂亮但也不醜。是一個全身上下沒任何特別之處，平凡無奇的孩子。但我現在竟被誤會成小偷。理由很簡單，因為監視器完整地拍到我搭電梯上上下下，到了8樓以外的其他樓層，還慌忙地在樓梯間跑來跑去。甚至就連我在翻找垃圾桶時，據說也被當時站在我身後的警衛叔叔目擊了整個過程。

我和姑姑一起去管理室，我告訴他們我不是小偷，單純因為無聊，所以才會那樣到處跑來跑去。我沒說出好奇22樓住誰的事，如果說了好像更容易被懷疑。

姑姑一下發火、一下不耐煩、一下求情，最後總算解開了我是小偷的誤會。

乖乖地過生活吧

「不能這樣下去了！讓我不自在又費神，還怎麼過生活？」姑姑本來要打電話給爸爸。

我纏著姑姑苦苦哀求，我向她保證以後不會再這樣了，求她再給我一次機會。如果現在被趕出姑姑家，就一定得去奶奶家了。

「除非是要買麵包或小菜，其他時間我一定會乖乖待在家。」

「我不信。」姑姑散發著冰涼的冷風。

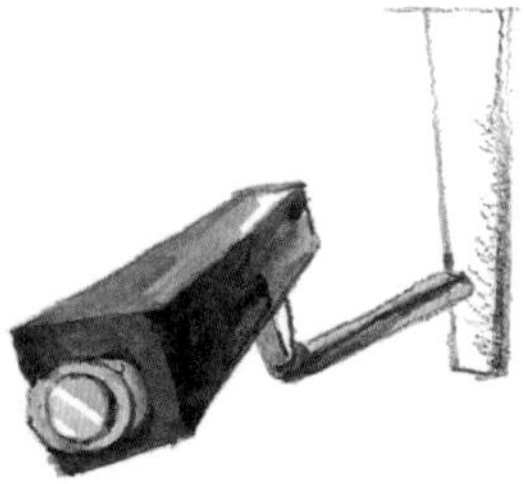

我兩隻手掌貼在一起，不停搓著掌心求姑姑。

「就信我一次嘛！之後再發生惹姑姑生氣的事，我就直接搬去奶奶家，我保證！」我盡最大的努力硬擠出眼淚。

「真的？好，我就原諒妳一次。妳再惹出這種引人注意的事，我就馬上送妳走！我絕不容許再發生一樣的事，妳就乖乖在家做好妳的本分。我叫妳只要管好妳自己就好，聽懂了嗎？」原本怒目圓睜地瞪著我的姑姑，眼神稍微軟化了下來。

憑良心說，我什麼時候沒做好本分呢？雖然這句「做好妳的本分」傷了我的自尊，但我還是忍了下來回答「聽懂了！我去買麵包和小菜的時候，會一次多買幾天的量起來放，然後像口香糖一樣黏在家裡，

7/29
7/29 7:15

這樣行了吧？」

姑姑把我全身從頭到腳打量了一番，接著巡視房間每個角落。我內心忐忑不安，擔心姑姑會罵我打掃房子的事。

「原本放化妝台上的髮帶跑哪去？」

「髮帶？」啊，那個髒到我看不出是什麼顏色的髮帶，我把它洗過後晾起來了。我一邊看姑姑的眼色，一邊用下巴指向了陽台。

「所有東西都要放到原位，不然很麻煩，我還要找。」

姑姑發著牢騷走去陽台，拿起髮帶把頭套進去，並將髮帶拉到額頭上。多虧了洗得亮晶晶的白色髮帶，讓姑姑的臉看起來也明亮了許多。

「說到要做到，妳說會像口香糖一樣黏在家裡。」姑姑都出去了又折返，要我再向她保證一次。同樣的話已經說過了，又還要重複好幾遍，跟我媽一模一樣。

「知道啦！煩不煩？」我一說完就被自己嚇了一大跳，趕緊用手摀住嘴巴。姑姑瞇著眼睛瞪了我，我用手掌打了一下自己的嘴巴，像是在告訴她這可不能怪我，都是這張嘴巴自己要那樣說的。

碰一聲關上門，姑姑上班了。她離開時還一邊碎唸著就是這樣才討厭跟別人一起住，一起生活多累啊之類的。「我也覺得跟姑姑一起生活也很累。」我看著關上的門，嘴巴自然地回了話。

為了買麵包我得出門一趟，電梯裡依然是五個人面牆站著。22樓老爺爺的背影就在我眼前，但我努力躲開視線不看他。

叮！電梯停在6樓。

電梯門打開，刺蝟頭伴著濃濃的香水味走進來，接著一個沒見過的男孩跟在他後面一起搭電梯。那男孩小黃瓜般的長臉上，有著蝦子似的小眼睛、扁平的鼻子、厚厚的嘴脣，搭配黝黑的皮膚。年紀感覺跟我差不多，又好像比我還小。

「您好嗎？」男孩的腳才踏進電梯，就大聲地向人們問好。面壁站著的人們嚇了一跳，臉上露出一時不知該如何是好的表情回頭看了

一眼，然後又繼續面壁站著。

「你安靜站好。」刺蝟頭戳了男孩的腰提醒他，男孩不好意思地抓了抓後腦勺。

「妳好！」和我對到眼的男孩微微地舉起手並笑了笑，我轉開頭沒理他，心想這社區可不是你想像中的那種社區。

刺蝟頭一出電梯，就像牧童趕牛似地趕著男孩一起走出去。然而22樓老爺爺走出電梯後，卻抓著樓梯的欄杆站著不動。老爺爺的臉一片慘白，一看就知道有哪裡不舒服。我抬頭望向天花板，監視器一定在某個地方拍著吧。

「不行！」我在心裡大喊，便頭也不回地跑去麵包店。

我進入麵包店後，透過玻璃門觀察外面。22樓老爺爺一跛跛走來，看來現在他沒有很不舒服的樣子，那就好。

我買了兩條吐司、一袋餐包、兩個香腸麵包，還有一個摩卡麵包。這大概夠吃一星期，把這堆麵包放在餐桌，姑姑看到應該就放心了。

店員沈默地把麵包裝進袋子，以前我們公寓麵包店的叔叔看到我們一次買很多，就會親切地問很多有的沒的。他會說「今天的摩卡麵包很好吃喔，如果吃膩了甜甜圈，也可以換口味試看看。」或是「夏天別買太多，味道會變不好吃！麵包很快壞掉，再麻煩還是買新鮮剛出爐的麵包才好吃。」之類的話。

正當我在結帳的時候，22樓老爺爺走進麵包店。他沒有觀望麵包，而是氣喘吁吁地一屁股坐到椅子上，老爺爺額頭上密密麻麻地結滿了汗珠。

「要幫您外帶蛋糕嗎？」店員問了老爺爺，他沒回答就只坐著。

突然，老爺爺猛然地站起身，大步走向陳列麵包的檯子，緊接著他一把抓起吐司直接走出去。

「錢呢？您還沒付麵包錢啊！」即使店員大聲呼喊，老爺爺依然沒有回頭，他直接把吐司一口塞進嘴裡後快步離去。

追到門口的店員就像是追著雞的狗，呆呆望著老爺爺背影，一副失魂落魄的表情。

「老爺爺今天好奇怪，怎麼走那麼快？之前不是說勉強只吃得下蛋糕嗎？」店員喃喃自語著。

我也覺得老爺爺今天很奇怪，之前還步履蹣跚，好像一沒注意的話，隨時都會摔倒似的老爺爺，剛剛一把抓起吐司離開的時候，動作變得好敏捷靈活啊。總而言之，老爺爺果然是個需要觀察的對象。

我也到了小菜店去買好各式各樣的小菜，雖然很想要到外面去多看看，但我這次已經下定決心，這幾天先不要出門。就連樹下長椅我也沒有去，這社區每個角落都有攝影機在監視著，還是小心最好。

在電梯門要關上的那一瞬間，一聲「等我！」傳來，接著一隻手鑽進要關上的門縫間，於是電梯門再次打了開來。

「抱歉！」是和刺蝟頭一起從6樓進電梯的那個男孩，他不好意思地抓了抓後腦勺，我立刻轉身面壁。

「妳住幾樓？」男孩問我。

別人住幾樓要你管喔。

「妳搭電梯要按樓層啊。」

啊對！我趕快按了8樓的按鈕。

「我住6樓，我來舅舅家。我本來住在江原道，下個月就要搬來首爾，但我媽要我先來探路所以我就來了。反正這樣也好，可以不用幫忙搬家，嘻嘻。」

看來刺蝟頭是他的舅舅，我斜眼看男孩。他笑的時候，露出了黃色大門牙，不管看幾次都覺得很難看。

「聽說這裡住很多獨自生活的人，妳也是來熟人家玩的嗎？」男孩繼續說個不停，我假裝沒聽見他說話。

「一個人生活應該會很無聊，對不對？」男孩問。

「也沒有聊天講話的對象，對不對？」這小孩的話還真是多啊。

「我有話要對你說。」我和男孩四目相對。

「有話對我說？什麼話？」男孩靦腆地笑了笑。

「這社區不能和別人裝熟。」

「什麼？」

「你沒聽懂嗎？我說這社區，就算人們在電梯裡遇到，也不行裝熟。如果無緣無故和人裝熟，就會被抓走。」

聽完我的話，男孩瞪圓了雙眼「會被抓走？」男孩眨著他小小的眼睛，目不轉睛地看著我。

「沒錯，會被抓走。」我帶著凝重的表情說。

男孩聽完沒說任何話，並在6樓出了電梯，他很明顯被我嚇到了。

電梯門一關上，我就大笑出來，他相信了嗎？

「今天沒發生什麼吧？」姑姑下班後一進門就開口問。我沒回話，而是指了指餐桌上放得滿滿的麵包，接著開冰箱給她看裡面的小菜。

「妳這想法就對了！外面多熱啊，待在家吹冷氣最舒服自在！還可以看電視。」看來姑姑並不知道電視機早壞了，我拿起遙控器，用力地按下電源開關。

「哎呀！電視壞了嗎？是說這台也買了很久了。」姑姑看著漆黑的螢幕畫面，蠻不在乎地說。

「最近節目也沒什麼好看的。」誰說沒什麼好看的，一大堆電視劇看都看不完。

「姑姑，我有事想拜託。」我邊咬麵包，邊靠近坐到她旁邊。

「拜託什麼？對了，麵包好吃嗎？」姑姑偷偷地拿了一個餐包。

「太晚吃東西對身體不好，所以我絕不買食物放在家裡，妳說看看妳要拜託我什麼事？但如果是困難的事就別拜託了，比如要我瞞著妳爸媽給妳零用錢諸如此類的，我可不想被妳爸媽唸。」姑姑邊嚼著麵包邊說。

「我也想和您一樣自己生活！拜託姑姑教我獨自生活的方法。」

「獨自過好生活的方法？該怎麼說？在妳眼中姑姑一個人生活，看起來過得很好嗎？」

就除了髒亂程度超越垃圾桶這點，還有放著壞掉的電視不修這一點之外。

「也沒什麼特別的方法！顧好自己的事就行了，是說生活繁忙，本來就也見不太到其他人。妳把這些麵包放到我看不到的地方去慢慢吃吧，被我看到的話，我又會不自覺地想拿來吃。」姑姑說。

就連摩卡麵包也被姑姑吃掉超過一半，因為姑姑的關係，麵包瞬間少了一半，照這樣吃的速度，麵包的量根本撐不過兩天。

困在電梯裡

隔了三天，今天我終於洗了頭。媽媽在的時候，即使我整天都待在家裡，她也叫我每天都要洗澡和洗頭，嘮叨個不停。

「唉。」一看見姑姑離開後的床，我不自主地嘆了口氣。姑姑星期天就只顧著睡覺，她起來後的床就和蛇脫皮後的樣子一樣。

我把頭髮吹乾後便出了門，今天比平常晚了五分鐘。電梯裡的人

們，今天也毫無例外地面壁站著。

叮！電梯停到了6樓，門一打開，刺蝟頭皺著眉走進電梯。整張臉水腫得像肉包的男孩也一起走了進來，刺蝟頭今天也晚了五分鐘。

「都是你害我遲到了！你上大號上那麼久，是要我怎麼辦？都是你害我太晚洗頭，連髮型都來不及抓……」刺蝟頭咬著牙低聲地說。抬頭一看，今天刺蝟頭的髮型不是刺蝟。他的頭髮沒立起來，而是軟塌塌地垂著。

「難道要我大到中間就切斷嗎？」男孩也咬著牙低聲回應。

「噗！」面壁站著的人們之中有人笑出來，刺蝟頭漲紅了臉，並踩了一下男孩的腳。男孩皺起眉頭，表情看起來像是想說些什麼但又忍了下來。

一走出電梯，刺蝟頭又一次像趕牛似地趕著男孩離開。

「不要再吃麵包了！我看你蹲馬桶蹲那麼久應該是便秘，吃麵包會讓便秘更嚴重，你買別的東西來吃吧！」刺蝟頭對男孩說。

「能買什麼？不然舅舅就做飯給我吃啊！」男孩生氣地說。

刺蝟頭於是對著男孩的後腦勺罵「我不會做飯，要讓我麻煩的話，你就回你家去！」接著匆忙地跑到停車場了。

男孩瞄了一眼他舅舅跑走的樣子後，直接朝麵包店方向過去，他和我對到眼，我也裝作沒看到的樣子。

男孩走進麵包店，隔了一些時間後，我也進入麵包店，我今天又買了一大堆麵包回家。

我慢慢走到樹下抬頭望向天空，好久沒到外面看看，戶外的天空感覺更加寬廣遼闊。

雖然是夏天，卻像秋天的天空一樣湛藍清澈。

我坐在長椅上吃麵包「啊，麵粉的味道。」好膩！不想再吃麵包了，好想吃點別的食物。

想到媽媽煮的大醬湯、涼拌小黃瓜、蛋餅。我忍不住吞了吞口水。就連風吸進鼻子裡，好像都帶著大醬湯的味道。

「這個是涼拌小黃瓜、涼拌小黃瓜、涼拌小黃瓜。」我咬著麵包，把嘴裡塞得滿滿的，一邊唸著咒語。

「要不要吃著涼拌小黃瓜，給美芝打個電話啊？」我撥通了美芝的電話，響了很久她都沒有接，我又再撥了一次。

「如真？我現在要去補習班，妳在哪？柬埔寨？」聽她的聲音，八成是遲到了。

「嗯，我要去馬來西亞。」

「哇，好羨慕！不過妳在吃什麼啊？」

「呃……妳有聽過嗎？孵化前的鴨蛋。蛋裡有一整隻小幼鴨的形體，這裡會把那種鴨蛋蒸來吃，我現在就在吃。」

美芝掛了電話，她鬧哄哄的聲音一消失，整個世界就好像靜止了一樣。風吹動樹葉的聲音、時不時傳來的汽車聲音，好像全都靜止了。就像在浩瀚的宇宙中，我獨自一人孤零零地坐在這裡。

我以前也和美芝一樣，都要去補習班，我遲到次數十根手指都數不清。以前補習遲到的時候，我也曾經和美芝一樣，邊奔跑邊祈求能讓世界上的補習班都消失。然而，此刻卻感覺那些事情如此遙遠，像是很久以前發生的事一樣。原本被關在狹窄箱子裡喘不過氣的生活，現在好不容易長出翅膀，飛向更遼闊的世界，可是……不知為何心情變得好奇怪。

不久前也有過這樣的心情，突然想起了爸媽，不知道他們在做什麼。連三天都沒傳來任何的簡訊，媽媽該不會現在過得很開心，就把我忘得一乾二淨了？

「咳咳咳。」

嘴裡的麵包突然卡在喉嚨，我咳得眼淚鼻涕直流，於是我把沒吃完的麵包，隨便放進袋子，然後站起身。

我故意用鼻子哼起歌來，屁股也隨著旋律一邊扭動。

獨自生活的方法，一是忍受髒亂、二是忍受不便、三是偶爾感到孤獨時，就唱唱歌和扭扭屁股跳舞，裝作若無其事的樣子。

男孩正在等電梯，他除了麵包提袋外，還提了滿滿的東西。

男孩一看到我，便轉身。

「哦？電梯裡沒人啊？這又是什麼？」正要走進電梯裡的男孩突然停下腳步來，電梯裡放著一個黑色塑膠袋。

男孩像螃蟹一樣側身橫著鑽進電梯，我猶豫要不要搭這班，最後在門要關上前走了進去。

「可能有人先放著，跑回家拿東西了？」男孩喃喃自語地說。

是啊！你當然會那麼認為，因為你沒看過塑膠袋扭動的樣子。我屏住呼吸緊盯著塑膠袋，感到心臟狂跳。

「妳沒按到8樓耶？哎唷，不能干涉別人，不然就糟糕了。」男孩邊望著天花板邊自言自語，然後被自己的話嚇得閉嘴。

什麼啊！他該不會真的相信我說的話？我內心那股想捉弄他的慾望像噴泉似的湧上來。

「真是有夠笨的。」我低聲地說，並按下8樓。

男孩睜大他那小小的眼睛看著我。

我揚起下巴表示就是在說你啦！

「啊啊啊！」就在那時，電梯突然開始迅速往上升，我往前一摔。

男孩丟下他手上提著的東西，伸手抓住我的手臂。我費了好大的力氣才握住牆上的把手。

哐
哐

哐

「怎麼了？怎麼會這樣？」才剛結束以恐怖速度上升的電梯，接著開始往下掉。像在搭雲霄飛車一樣，我的心臟快爆掉似地狂跳。下降的電梯又再一次以驚人的超高速向上狂飆。

咚咚……

電梯撞到了什麼地方，整個空間開始劇烈搖晃，身體完全維持不了平衡。

砰！

天花板上傳來沉重聲響，接著電梯又開始向下墜落。然後電燈熄滅了，瞬間漆黑一片，眼前伸手不見五指。

哐咚咚……

如鐵鍊凌亂纏在一起的奇怪聲響，終於慢慢平靜下來，停止了。

接著電燈恢復些微的光亮，但我身體僵硬得連一根手指都動彈不了。我嚇出一身冷汗，男孩的額頭上也滿是汗珠。

「電……電梯好像故障了，現在該怎麼辦？」我用口水抿了抿乾澀的嘴唇。

「沒事沒事，可以按下警報器求助，就有人會來救我們的。」男孩深深地吸氣和吐氣後，慢慢地說。

他按下面板上的鐘形按鈕，然而不論他怎麼按，都沒聽見任何警鈴聲。

「怎……怎麼辦？警報器好像也故障了。」眼前狀況希望渺茫。

「我們可以打電話，妳有手機吧？我的放在家裡沒帶出門。」男孩指了牆上貼的緊急聯絡電話。

我翻找口袋，手機不在口袋裡「哦？我的手機。」

麵包店提袋裡也沒有我的手機，我明明才給美芝打過電話。

啊！我手機放在樹下的長椅上。

「我們被困在電梯裡，請幫幫忙！」男孩靠在緊閉的門上大喊。

男孩的聲音在電梯裡形成了回音，但不管他怎麼喊，外面都沒有任何回應。

「這間公寓過了上班時間，就不會有人在社區內走動，沒人會來救我們的。不如把門打開逃出去吧？我們試試看強行把門打開。」

我猛然站起身，卻被男孩擋在門前。

「不行！我在電視上看過宣導受困電梯時，不要強行打開門，可能會因此導致墜落意外。」男孩大聲警告我。

「笨蛋！難道要死在這裡嗎？」這種事怎麼會發生在我身上。早知道就該聽媽媽的話，不知道我在堅持什麼，硬要來姑姑家。當初去奶奶家，就不會發生這可怕的事了。

搞不好一直到下班時間為止，都沒人來搭電梯。我們會被關到傍晚前缺氧然後死去。

絕對是這樣！我已經呼吸不順了，怎麼可能撐得到傍晚？

「笨蛋！什麼都不懂就不要裝懂。你知道這裡是什麼樣的社區嗎？有時候整天連一隻螞蟻的影子都看不見。借過啦！我只要小心爬出去，不要墜落就行了。」我拉了他的手臂。

「等一下！這東西

的主人如果從家裡出來，就會發現電梯故障了，那他應該會去通報管理室吧？」男孩指著黑色塑膠袋說。

天啊！我們竟然和黑色塑膠袋被關在一起？電梯似乎裡溫度越來越高，呼吸開始變得困難。

「妳本來就住在這裡嗎？」男孩問。

「你安靜一點。」我咬牙切齒地說。

「什麼？」

「我們被困在狹小的密閉空間裡，講話會讓氧氣越變越少嘛！你連這都不懂啊？」

男孩邊點頭、邊閉緊嘴巴，他出神地望著黑色塑膠袋。那被擺在又昏暗又安靜電梯中央的黑色塑膠袋。袋裡的東西好像馬上就要衝出來，我手臂上的寒毛不禁豎立起來。

「我本來不住這，這是我姑姑一個人住的家。」我為了甩掉恐懼感開口說話。

「妳不是說講話會讓氧氣變少嗎？」男孩悄悄地說。

「不要講太大聲，小聲說的話沒關係。」

「是嗎？太好了！都不講話憋得我好苦。原來妳姑姑也是一個人生活啊？我真想不透怎麼會有人想獨自生活？我舅舅今年34歲，他說他絕不結婚，要自己生活。也許是因為這緣故吧？我幾天跟舅舅一起生活下來，發現他只想到自己，眼裡沒有別人。舅舅只要自己吃飽了，就完全不關心我有沒有吃飯，就連問一句也沒有。還有今天早上也是，像上大號這種事情，本來就有上得快和上得慢的人，不是嗎？但他卻因為等不了別人大號的時間就生氣發火。我們鄉下的房子住八個人，一家八口共同使用一間廁所，還不是彼此忍讓得好好的。」男孩像是好不容易逮到機會，越說越有勁。

「而且愛乾淨也要有個限度，我不過想煮個泡麵來吃，他竟然要我去外面花錢吃一吃再回來。說什麼他打掃得乾乾淨淨的，這樣會被我弄髒。這哪是讓人生活居住的房子？根本是樣品屋吧，獨自生活的人都這樣嗎？那妳姑姑呢？她怎麼樣？」

「跟你舅舅走完全相反的路線。」

「呵呵，她是亂亂路線的啊？」雖然我不知道這有什麼好笑，但男孩用手摀著嘴，嘻嘻地笑個不停。

「對了，這樣氧氣會越來越少嗎？」男孩笑完後，又被自己嚇得緊緊閉上嘴巴。

「不過上一次在電梯裡面，也有出現黑色塑膠袋。那一次我明明看見了塑膠袋在動，那一刻我就心想裡面一定裝著什麼生物，只是我還沒有實際確認。」我一邊盯著黑色塑膠袋一邊說。

塑膠袋大公開

男孩的名字叫做浩秦，他和我被困在電梯裡兩個小時後，終於逃出了電梯。聽說是11樓的住戶去通報的，而黑色塑膠袋的主人一直都沒有現身。

「塑膠袋主人應該會來把它拿走。」管理室的職員把黑色塑膠袋放到1樓入口。

浩秦叫我回家後就先好好睡個覺，他說受到驚嚇時，睡覺是最佳

良藥，說完還陪我回到8樓。

「對了，妳剛才一直叫我笨蛋，但我可不是喔！我只是看妳很討厭和別人說話，所以表現得那樣。我不可能相信多管閒事就會被抓走的，妳把我當真的笨蛋嗎？妳以後別再說這兩個字了！」

在我關上門那刻，浩秦說了這些話。我呆呆地站在原地一會後，又再次開了門，浩秦沒在門外，他已經下樓了。我感覺好疲倦，我打開冷氣把棉被蓋住頭後，就立刻睡著了。不知睡了多久，對講機的響聲讓我從睡夢中醒了過來。

「我是警衛，妳是剛才那位同學吧？妳可以下來一趟嗎？」我起來洗把臉，稍微恢復精神後，便下去一樓。外面天色已變得昏暗，我到底睡了幾個小時啊？

到達一樓後，看到剛才見過的管理室職員、警衛叔叔還有浩秦三人站在一起，他們中間放著黑色塑膠袋。

「這東西的主人到現在都沒出現，管理室、警衛室也都沒收到任何遺失物的通報。所以想詢問妳一些事，妳說妳上次也在電梯裡看到有人放了一包塑膠袋是嗎？」管理室的叔叔神情嚴肅地說。

「說不定這和我們公寓近期經常發生的竊盜事件有關，妳上一次看到的，也是這樣大小的塑膠袋嗎？」

「上次看到的好像比較大一點。」

「那妳知道裡面裝什麼嗎？還是妳知道塑膠袋的主人是誰？」我

搖了搖頭。

「我們先把它拆開來看看，確認裡面裝了什麼東西後，再透過社區廣播找尋失主，大家覺得如何？」警衛叔叔提議。

「那就把它拆開囉？」管理室的職員先是猶豫了一下，接著慢慢地將塑膠袋解開。我的心臟像要爆炸似地狂跳，我走到浩秦的旁邊，靠近他站著。

「哦，這是什麼啊？」袋裡的物品大公開那一刻，管理室的職員露出了荒唐無語的表情，袋子裡面裝的物品是古董電話和一堆破舊不堪的衣服。

「唉呀，這是人家丟掉不要的垃圾嘛！」警衛叔叔流露出失望的

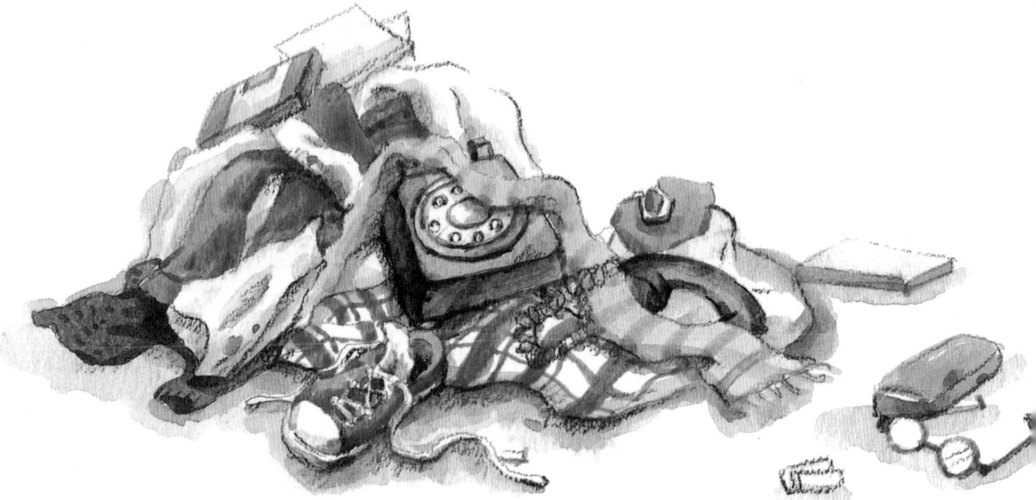

眼神，看來他原本期待裡面裝著的是什麼了不起的東西。

「到底是誰啊？」警衛叔叔把塑膠袋整個倒出來，所有雜物全部嘩啦啦地傾灑一地。有指甲剪、鉛筆盒、眼鏡盒，甚至還有內衣，每一樣物品都又破又老舊。

「請您做一下垃圾分類，如果可以回收再利用的物品，丟到角落那邊就好。」管理室的職員對警衛叔叔說。

「唉，這人真夠差勁的！竟然連內衣都要我幫大爺您拿去丟啊？這難道是警衛的工作嗎？這太不像話了吧？」警衛叔叔漲紅著臉，將散落一地的物品撿起來，並再一次把它們收拾好。

「對了，監視器！如果去確認監視器，就可以找出這沒良心的人了。」警衛叔叔扔下手中的東西大聲地說。

「就這樣辦，同學們你們可以先回去了。」管理室的職員附和著警衛叔叔的話，然後對我們說。

「我們可以一起看監視器嗎？」我真的非常想親眼看一看。

「當然不行！站在保護住戶隱私立場上，我們不能隨便公開監視器畫面。」管理室的職員斬釘截鐵地拒絕了我們。

「很簡單。」浩秦邊走進電梯邊說。

「那人應該是為了丟垃圾，所以才會放到電梯裡吧？可能他家裡面還有要丟的垃圾，他便暫時回去拿，沒想到那時我在一樓按電梯，他一定認為那個時間點不會有人搭電梯，所以才會那樣做。等他拿了更多垃圾出門後，才發現電梯已經下去了。即使他想等電梯再上來，故障的電梯當然怎樣也上不來。他等得不耐煩了，就乾脆直接回家，反正那一包本來就是要扔掉的垃圾嘛。」這個推理聽起來滿合理的。

「你還記得在一樓按下電梯時，當時電梯停在哪一樓嗎？」我預想著浩秦說不定會說出22樓。因為我之前看過老爺爺提著黑色塑膠袋搭電梯，但是黑色塑膠袋本來就很常見。

「我很隨手就按下去了，沒注意電梯停在幾樓，再見。」浩秦在6樓走出電梯。

「對了。」我正要按電梯關門鈕前喊了一聲，浩秦轉過頭來。

「你電話號碼幾號？既然住同棟公寓，當然要知道對方號碼。」

「也對，那妳唸妳的號碼我存下來。」浩秦從口袋拿出手機。

我一邊唸我的電話號碼，手一邊在口袋裡翻找。

啊，我的手機！這才想到我的手機還放在樹下長椅。

真不敢相信我的手機竟然原封不動地放在長椅上，代表一整天下來，都沒任何人來這。不對！也許有人來一下又離開了也說不定。有可能他看到了手機，但懶得把它撿走。因為他懶得去找手機主人把手機還給他，或是懶得把手機拿去警衛室。因為去警衛室更麻煩，而撿來後如果要賣掉，又更更更加麻煩和費心力，所以乾脆就裝作沒看到。住在這間公寓裡的人們，全都和我姑姑還有浩秦的舅舅一個樣。這樣一切就說得過去了，不過不管怎樣，找回手機真是太好了。

手機上顯示兩通未接來電，是爸媽打的，我先打給媽媽。

「還好吧？都不接電話，所以我打給了你姑姑。她好像想說什麼卻又不說，只問妳應該沒有闖禍吧？聽話一點啊。另外，爸爸沒有打給妳說什麼嗎？」

好險姑姑沒有說出我被誤會成小偷的事。

「打給我說什麼？爸爸都沒打給我啊？」

「是嗎？知道了，乖乖待在姑姑家啊。」媽媽聽到我說爸爸沒有打給我，語氣突然冷了下來。

「媽媽。」在媽媽正要掛電話的那瞬間，我趕緊喊了她。

「媽媽，您真的很開心嗎？」

「什麼意思啊？」

「媽媽上次不是說很開心嗎？」

「那當然就是真的開心啊，難道會是假的開心嗎？不用見到妳爸，我好像變胖了。總之妳在姑姑家乖一點啊。」媽媽掛了電話。

爸爸也是一樣，因為我沒接電話，所以他也打給姑姑。然後也說他聽姑姑好像有什麼話想說又沒說，叫我不要沒事又因為好奇心，在社區到處胡搞瞎搞。然後叫我乖乖待在姑姑家，並且最後還問我有沒有接到媽媽打電話來說些什麼。

我問爸爸，沒有媽媽之後他過得怎麼樣？爸爸也回說他變胖了。

我決定不吃晚飯便躺到床上去。今天真是難以形容的疲倦。

「啊！」

睡夢中，噠噠噠噠！

當我正疑惑是不是房子倒塌的聲音時，又聽見震破耳膜的一聲慘叫。接著一隻恐龍踩了我的肚子，我的肚子被壓得快要爆炸了。就在我以為我就要這樣死去時，恐龍從我的肚子下來了。

「啊！」又是一聲慘叫，我摸著我的肚子，猛然睜開眼。驚人的景象展現在我眼前，姑姑瘋狂地揮舞雙臂跑來跑去，就像見鬼一樣。

「該怎麼辦才好啊，啊！」姑姑摀著臉大叫了一聲。

我用棉被把自己罩起來，牆壁上難道有鬼嗎？

我蜷縮著身體，動也不敢動。

「如……如真啊，妳，妳起來一下。」姑姑用顫抖的聲音說。

緊接著「啊！」又是一聲尖叫。

我慢慢地拉下棉被，姑姑指著牆壁。

我抱著緊張不已的心看向牆壁，但上面什麼也沒有。

「怎麼辦？蟑螂！而且還不只一隻，竟然有3隻！還這麼大隻！」姑姑伸出了手掌。

什麼？只是幾隻蟑螂就鬧成那樣？我不禁苦笑。

「妳去抓！」姑姑拿桌上的筆記本遞給我。

「啊？」我也超級痛恨蟑螂的，我才沒膽拿筆記本去打。

姑姑拿起對講機打到警衛室，問他們到底為什麼不做環境消毒，人居住的房子裡竟然出現蟑螂，這像話嗎？大吼大叫抱怨了一番。

就那樣持續抱怨好一陣子，姑姑才掛斷了對講機。

「竟然反過來質問我環境消毒時是不是沒有把門打開。」姑姑說完馬上出門買蟑螂藥。

但開在公寓前的兩間便利商店都說他們的蟑螂藥賣完了。

「蟑螂藥賣得那麼好，就證明了這間公寓有很多蟑螂！該怎麼辦啊？」看來姑姑不打算睡了，她把所有燈打開，然後坐在床上緊盯著剛才蟑螂爬過的那面牆。她說關燈後蟑螂就會爬出來，不只會爬到人臉上，還會鑽進棉被。姑姑還說如果張著嘴巴睡覺的話，蟑螂甚至會爬進嘴裡。

我想像蟑螂手腳掙扎地爬進嘴裡的畫面，不禁起了一身雞皮疙瘩。

姑姑打直腰坐得端正，一動也不動的盯著牆壁看。隨著夜越來越深，她開始坐著打瞌睡，她的頭一點一晃的，某個瞬間又會突然驚醒，

看上去有點可憐。

我拿起筆記本站起來，沒辦法一直熬夜了。蟑螂就算再可怕，也不至於主動攻擊人吧？

在蟑螂經過的牆旁掛著髒兮兮的窗簾，我決定掀開來看，蟑螂都喜歡躲在黑暗的地方。

「呃啊！」掀開窗簾那刻，我尖叫著把筆記本扔了出去。

那些像獨角仙般巨大的蟑螂，看起來超過十隻密密麻麻的躲在窗簾後，簡直是蟑螂窩。

臭蟑螂到處飛來飛去

一走進602號，就彷彿走進另一個世界。

整理得乾淨整潔的屋內，光是用看的就覺得內心深處也跟著明亮起來。明明一樣的公寓房間，竟可以如此地不同。

「這麼晚了，妳說的急事是什麼事啊？」浩秦一臉擔憂地問。

「那……那，那個……」我無法瀟灑乾脆地說出口。

多虧浩秦把我的號碼新增到手機聯絡人，我的通訊軟體好友上面

也自動跳出了浩秦。

在發現窗簾下有蟑螂窩後，實在沒辦法繼續睡了，所以我就和姑姑說了浩秦的事，並提議拜託他們來幫忙。

「他說他會抓蟑螂？」

「浩秦是在鄉下長大的小孩，再怎樣都比我們強吧？鄉下不是很多蟲子、老鼠之類的嗎？」

「其他住戶知道這事，以後社區見到的話多尷尬啊？而且遇到還要裝作互相認識，不是很麻煩嗎？」姑姑猶豫不決苦惱地說個不停。

不過事已至此，姑姑還是叫我問看看他們有沒有蟑螂藥。

我只好傳訊息給浩秦說「我有急事，能去一下你們家嗎？」因為第一次傳訊息就問有沒有蟑螂藥，感覺有點不太好。

「來602號。」浩秦馬上回我訊息。

然而我都下樓來到他們家了，依然沒勇氣開口問蟑螂藥的事。

「發生什麼事啊？該不會是遭小偷了吧？」浩秦催促著我。

「什麼，小偷？」剛好從浴室走出來的刺蝟頭驚訝地問。

沒有用慕斯抓頭髮的刺蝟頭，一丁點也不像刺蝟。沒什麼頭髮的頭頂在燈光下顯得閃亮亮的突兀，和他平常早上打扮得整潔俐落的樣子相比，看起來像突然老了十歲。

「不是小偷！我是想問有沒有蟑螂藥？有的話能不能借我們……」

「蟑螂？這棟公寓裡有嗎？」比起小偷兩字，刺蝟頭聽到蟑螂兩字的時候，嚇了更大一跳。

「妳家有蟑螂嗎？我去幫妳抓！我們江原道的家也很多，我很會抓。」浩秦穿上了拖鞋。

「他大半夜的自己跑去哪裡啊？不知道最近壞人很多嗎？我也跟你一起去吧。」刺蝟頭也一起跟了出來。

看到浩秦和刺蝟頭突然登門拜訪，姑姑十分慌張。她原以為我會借來蟑螂藥，結果卻來了兩個陌生人，也難怪她會驚慌成這樣。

「您好嗎？蟑螂出沒的地方在哪？」浩秦大步地走進姑姑家裡，左右環顧了四周，舉止自然的好像這是他家一樣。

「不用、不用非得幫我們抓蟑螂。」姑姑驚慌失措地說。

「這裡一看就知道有蟑螂，蟑螂最喜歡骯髒凌亂的地方。這什麼啊？這真的是給人住的房子嗎？」刺蝟頭站在玄關，喃喃自語地說。

他雙眉緊皺，甚至還嘖嘖地咂了舌。如果他只這樣那也就算了，刺蝟頭還瞇著眼睛看向姑姑，眼神彷彿在說真是沒救了，讓姑姑整個耳根都發紅了。

「垃圾桶都滿了也不清掉，滿到都蓋不起來了！平常好歹也倒一下吧！裡面應該也是蟑螂的天下了。唉呀！我實在是看不下去了。」刺蝟頭邊搖頭邊自言自語地說著。既然是自言自語，就不要讓別人聽到，偏偏他的自言自語講得超大聲。姑姑一副再也忍無可忍的表情，兇狠地瞪著他。

「我的意思是說，公寓環境不就是這樣嘛。如果有一家出現蟑螂，其他家也會跟著出現。因為蟑螂是會到處飛的，會飛來這家也會飛去那家，您難道不知道嗎？」刺蝟頭睜大雙眼看著姑姑。

浩秦走近刺蝟頭，不停眨眼暗示他別再說了，他才終於閉嘴。

浩秦拿起筆記本，然後把窗簾掀開，蟑螂像是摩拳擦掌等待已久，開始身手敏捷地迅速爬出來。浩秦不停揮舞筆記本，用力拍打蟑螂。

被筆記本擊中的蟑螂紛紛掉落在地上，有幾隻逃去客廳，姑姑邊尖叫邊爬到床鋪上，不停跳著腳。

雖然有些蟑螂逃過浩秦的攻擊躲到客廳，卻還是難逃刺蝟頭的魔掌。刺蝟頭脫了拖鞋朝蟑螂群一陣狠勁亂打，在房間和客廳遭受攻擊

NOTE

的蟑螂們，四腳朝天地躺在地板，腳還不停掙扎抖動。

姑姑驚恐地指著還在顫抖的蟑螂，刺蝟頭用衛生紙把那些蟑螂包住用力地壓了壓後，丟進塑

膠袋並緊緊地綁起來。

蟑螂戰爭結束後，浩秦和刺蝟頭便回家了。

現在把窗簾掀開，沒有任何蟑螂了，就算有倖存的，今晚應該也被嚇得不敢出來吧？

「世界上怎麼會有那種人？」在浩秦和刺蝟頭回去後，姑姑氣憤地抱怨。「我就是怕遇到那種男人，所以才不結婚的。連別人家垃圾桶清不清都要管，還有他看到蟑螂到處飛來飛去了嗎？哪來這麼放肆無禮的男人啊？」大半夜被叫來抓蟑螂的浩秦舅舅，一下子變成了放肆無禮的男人。

話說回來，我明天哪有臉見浩秦。剛剛因為事態緊急，不得已請求他來幫忙，那蟑螂成群的景象，再加上堆滿垃圾的樣子都被他看得一清二楚。

雖然上次已有先告訴過浩秦我姑姑家很髒亂，但他應該沒想到是這種程度。

「他們家難道很乾淨嗎？」姑姑狠狠地說了浩秦舅舅的壞話後，不甘心地問。

「超級！他們家乾淨到會發光，東西也收拾得很整齊。」

「是嗎？聽說那種男人結婚之後，會把妻子逼得很痛苦。真恐怖！而且乾淨不一定是好事，以前奶奶曾說過太愛乾淨的過生活，會沒有福氣。」姑姑還真理直氣壯。

獨自過好生活的方法：一是忍受髒亂、二是忍受不便、三是感到孤獨的時候，裝作若無其事的樣子、四是臉皮要厚。

「用拖鞋打蟑螂也太狠了！還裝得多愛乾淨，看他打蟑螂的技巧，就知道經驗豐富，以前一定殺過不少蟑螂！」姑姑不停說著刺蝟頭的壞話，邊抱怨邊進入夢鄉。

姑姑上班前，叮囑我買十盒蟑螂藥回家，姑姑說她今晚要展開剿滅蟑螂大作戰。

7點20分我出門了，電梯正從23樓下來，然而經過22樓卻沒在那樓停下來，而是繼續往下。電梯停19樓、17樓和13樓後，到8樓了。

「昨天沒再出現蟑螂了吧？」浩秦從6樓一進電梯就問我。

面壁站著的人們像是約好了同時轉過頭來。人們目光都停在我身上，那種足以讓人全身發麻的強烈目光。

「我抓了應該有15隻，對不對？」浩秦笑眯眯地說。

真是不會看臉色到極點。

「準確來說是14隻。」刺蝟頭盯著牆壁低聲地說。

「今天去買蟑螂藥，把剩下的都一網打盡吧！如果放著不管，接下來可能跑來我們家，昨天也跟妳們說過蟑螂會到處飛的。本來在8樓的蟑螂可能會飛去17樓，也可能到13樓，也會來6樓。」刺蝟頭一說完，面壁的人們又再一起轉頭看過來。

不會看臉色這點，他們簡直一模一樣。

我在麵包店前猶豫不決想著「我再也吞不下麵包了，每天吃都吃膩了。嘴裡滿是麵粉味道！我要去買別的東西吃！」我轉過身。

「我也是！我也不想再吃麵包了，我們一起去！」浩秦像跟屁蟲一樣緊跟著我，雖然有點遠，

但我們走到更大條的馬路。

我們走進飯卷店，我點了鮪魚飯卷，浩秦則點了泡菜飯卷。

「暑假結束前，妳都會待在這裡嗎？」浩秦問。

「還不知道！就算暑假結束，我還是想一直待在這裡，但好像很困難。」我邊把醃蘿蔔放進嘴裡邊回答，醃蘿蔔滋味酸酸甜甜的，我以前都不知道這麼好吃。

「妳想一直待在這？為什麼？」

「因為我也想和姑姑一樣一個人生活。」

「那妳應該要和姑姑分開自己生活啊！和姑姑一起住，哪裡算是自己生活，妳待在這的話，妳姑姑也不算自己生活。」

「我要向姑姑學習一人生活的方法，然後自己獨立生活。」我邊喝大醬湯邊說，都不知有多久沒喝大醬湯了。

「噗！」浩秦哈哈大笑起來，他嘴裡的菠菜也噴了出來。

「你笑什麼？」我皺著眉頭問。

雖然浩秦慌張地說沒什麼，但我不用聽他解釋也猜得到。昨天看到的姑姑家，髒亂成那樣還需要學習嗎？這才是他真正想說的吧？

「妳為什麼想自己生活呢？」兩條飯卷都吃完後，浩秦問我。

「因為和別人生活，會發生很多幼稚的爭吵。」

「就只因為不想爭吵？」

「還要聽人嘮叨碎念一堆有的沒的，沒辦法自由地做任何自己想做的事，而且還被管東管西。」我總不可能全部說出來吧，牙膏事件丟臉到我誰都不敢說、先吃飯還是先喝湯的故事也令人難以啟齒。

「妳有很多兄弟姊妹嗎？那倒是真的很辛苦。」浩秦說。

「沒有！就我一個！」

「那妳和誰幼稚的爭吵，又被誰管東管西啊？我有一個哥哥、兩個姐姐，還有兩個弟弟，每個人的話都超級多。」

哇！他一共是多少兄弟姊妹啊？六個人耶！

在我還很小的時候，也曾纏著媽媽要她生一個弟弟給我。有沒有姐姐或哥哥倒無所謂，但我非常想要有弟弟，理由很簡單，因為弟弟很可愛又很討喜。

但有天這想法突然消失了，當朋友們抱怨著跟弟弟吵架的事情時，我突然很慶幸自己沒有弟弟。

世界上每個人的弟弟都一個樣，真有趣弟弟這種地球生物好像都很倔強又任性。大家的弟弟甚至都很愛告狀，身邊有好幾個朋友都因為愛告狀的弟弟，一天到晚被媽媽責罵。

「你家應該超級吵吧？」雖然是別人家的事，我還是不禁嘆口氣。

「每天戰爭啊！雖然有很多不自在和麻煩，但也有好處啦！」

「有什麼好處？」

「在外面和其他孩子吵架時，就很有利。兄弟姐妹當中，如果有人在外面被欺負，我們就衝去幫忙！以前我最小的姐姐和鄰居家的姐姐吵起來，我家姐姐身形矮小，又瘦又沒力氣根本不會打架。那時我們家大姐看到她們在打架，大姐就朝鄰居姐姐撲了上去，二對一打起來。嘻嘻嘻嘻，她們打架時我在旁從頭看到尾，我家兩個姐姐把鄰居家姐姐的頭髮扯好多下來。在外有人為你撐腰，這應該算好處吧？」

浩秦想起當天情景，捂著肚子大笑起來。

「那算什麼好處？沒傳出你全家都很會打架這種丟臉傳聞，你才要偷笑吧？」

習慣

習慣很難改，如果沒要買剛出爐的麵包，就不用非得7點20分出門。而我卻總是在7點20分出門，浩秦為了對上我的時間，也會和刺蝟頭一起出來。

然而22樓的老爺爺已經三天沒出現在電梯了，這幾天都沒看到電梯停在22樓，也沒在外面見到22樓老爺爺。我特意跑去麵包店打聽關於老爺爺的消息，但麵包店的店員說他只知道老爺爺已經好幾天沒來

買蛋糕，其他就不清楚了。

我無法和浩秦討論，因為之前才向他理直氣壯地說討厭被干涉，想自己生活，現在卻對別人的事如此感興趣，他聽了一定會笑我。

「那有什麼？人本來就可能一段時間不出門啊。」我試著說服自己，然後閉上眼睛下定決心，告訴自己不要再好奇下去了。但是……但是，越是如此我就越感到好奇，老爺爺為什麼都沒有出現啊？想要前往22樓一探究竟的心蠢蠢欲動。

忍住呀！萬一被姑姑發現，我就會被趕去奶奶家了！

媽媽說要來姑姑家看我。

「約在外面吧?我最討厭別人來我家。」姑姑誓死反對,她抱怨著這種非得上門拜訪的行為,是韓國人必須要改掉的壞習慣之一。

最後,我和媽媽約在麵包店裡見面。

「她什麼古怪脾氣啊?既然是人住的房子,別人當然也可以去看看嘛!有必要激動到暴跳如雷?要把妳暫時交託給她,我也真是不容易啊,不是嗎?好險她決心要一個人生活,不然看她那脾氣只會讓和她住在一起的人痛苦。」媽媽一坐下來,就開始罵姑姑。

「媽媽找到工作了!應該下個月就開始上班,因為要在公司附近找房子,妳就再等媽媽一下下。」媽媽的臉色很黯淡。

之前明明還高興地說好像找到工作了,說很開心。今天這副表情,根本和開心差了十萬八千里！別說開心了，媽媽眼睛下面暗灰色的陰影，還有沒說幾句話就嘆口氣的樣子，讓她看起來疲憊不堪。

「妳和爸爸經常聯絡嗎？爸爸有來這裡找妳嗎？」

「有時候會打電話或是傳簡訊，但爸爸沒有來這裡找我。」

「把女兒託付給這麼難搞的妹妹，他都不擔心嗎？怎麼會連一次都沒有來看看妳。」媽媽邊把吃過的麵包扔到盤子邊生氣地說。

媽媽現在還是把爸爸當成她老公，所以才想干預爸爸行動，然而兩人都已離婚了。

「媽媽不是說和爸爸分開後，好像變胖了嗎？結果怎麼反而變瘦了？」我邊掃視媽媽全身邊說。

「妳這孩子，我哪瘦了？我還因為肚子肥肉煩惱到不行，不用看到妳爸爸，我都神清氣爽了。現在想怎麼擠牙膏就怎麼擠，不會有人唸東唸西的。」媽媽把扔到盤子上的麵包拿起來繼續吃。

「如真啊，千萬不要去干涉別人！妳大部分個性都像我，但管太多這點就像妳爸。還有爸爸如果問媽媽的事情，妳就說不知道。不要告訴爸爸任何媽媽的事。」

「反正每次爸爸打電話來，本來就不會問任何媽媽的事。」聽到我說的話，媽媽眉頭皺了起來。

「那就好。妳的學習還好吧？有沒有解數學習題？有沒有背英文單字？既然附近有圖書館就去那讀書！」媽媽暴風般嘮叨後便回去了。

媽媽回去後，我才一回到姑姑家，竟然就接到爸爸電話。

「爸爸剛好來姑姑家附近辦事，我想說乾脆去姑姑家看妳。」今天爸媽是講好的嗎？我和爸爸說姑姑最討厭別人來家裡，所以要約在外面。

我也和爸爸來到了麵包店。「她脾氣怎麼這麼怪？連自己哥哥去家裡都不願意，個性也太怪僻了吧？我竟然把女兒暫時交託給她，還真是奇蹟啊奇蹟。」爸媽不約而同說一樣的話。

「爸爸本來要簽約上次看的那間公寓，但要再重新考慮一下。那間公寓離學校有點遠，走路比較久。所以爸爸還在找其他公寓，要趕在開學前定下來才行，真頭痛啊！爸爸也是第一次看房子，以前都妳媽在處理。對了，媽媽有常和妳連絡嗎？」爸爸無精打采的樣子，一口麵包也沒吃就只喝飲

料，而且他還不停嚼著加點來的冰塊。

「媽媽不久前才來過。」

「是嗎？媽媽如果問妳關於爸爸的事情，妳什麼都不要說。」

「媽媽什麼都沒有問。」

「都沒問？什麼事情都沒問？」爸爸的眼睛下出現了深深的影子。

「現在隨便我要先吃飯還先喝湯，都不會有人在旁邊嘮叨。我都不知不覺變胖了呢！以後不管媽媽問任何有關爸爸的事情，記得什麼都不要說！」爸爸連續說了三次同樣的話才回去。

爸爸回去後，我一人在麵包店坐了好一段時間。我看著爸爸坐的是媽媽剛才坐過的位子，現在他們都離開我了。

媽媽和爸爸都一樣點柳橙汁來喝，麵包也都點香腸麵包和香蒜麵包。香腸麵包是我喜歡吃的，香蒜麵包則是爸媽都喜歡吃的。雖然擠牙膏的位置不同，吃飯喝湯的順序不同，但是爸媽都同樣喜歡香蒜麵包和柳橙汁啊。

我記得媽媽曾經說過，在還沒結婚前她喜歡吃紅豆麵包。不過因為爸爸喜歡香蒜麵包，所以也經常跟著吃，結果吃到後來，比起紅豆麵包，媽媽反而變得更喜歡香蒜麵包了。還有爸爸本來喜歡喝葡萄汁，可是因為媽媽喜歡喝柳橙汁，所以也經常跟著喝，結果喝著喝著，後來比起葡萄汁，爸爸反而變得更喜歡柳橙汁了。看來爸媽雖然離婚了，但口味依然沒改變。我又再坐了一段時間，才離開麵包店。

「不是說802號出現蟑螂嗎?今天四點的消毒,802號也一起做吧!」

我經過警衛室時,聽見警衛叔叔大喊。

「消毒時,人不能進去屋內嗎?」

「要待在外面兩個小時才行。」

我打電話給姑姑,她猶豫了很久。姑姑討厭別人進來家裡,但更討厭和蟑螂同住一個屋簷下,難怪她如此兩難。在便利商店買的蟑螂藥,效果好像不是很好,聽說蟑螂快死時會爬到外面來掙扎。但家裡的蟑螂,卻連一隻也沒爬出來!姑姑已經連續好幾天半夜睡到一半突然爬起來盯著窗簾看,一晚就這樣重複好幾次。

「沒辦法了,叫他們來吧!」姑姑終於決定消毒。

消毒人員身上掛著四方形的桶子，粗略地噴著藥。「那樣噴一噴蟑螂就會死嗎？萬一它只是暫時暈過去，之後又醒來的話怎麼辦？」

「蟑螂本來就有強韌生命力！暈過去又醒來，就拿書或拖鞋打就行了。消毒人員拉下口罩，對我們解釋。接著又悠閒輕鬆地到處噴藥，在浴室裡噴藥的消毒人員對我使了個眼神要我出去。

浩秦也來到外面並問我：「剛才在麵包店裡跟妳坐一起的阿姨是誰啊？」

「我媽媽，她怕我暑假顧著玩，所以特別跑來監視我。」我邊說邊擔心了起來，不知道他有沒有聽到我們的對話？

「那跟妳一起的叔叔又是誰？」什麼！爸爸也被他看到了嗎？我突然說不出話。爸媽在不同時間出現，這我怎麼解釋才好呢？我總不能說他們已經離婚的事。

「妳爸爸嗎？」浩秦問。

「你問這些做什麼？你那愛管閒事壞習慣改改吧！這間公寓的人大部分都一個人住，有些人雖然是逼不得已才一個人生活，但也有很多人是討厭被別人干涉，想要自由自在的過日子，才選擇獨自生活的。還有我之前講過吧？我也想一人生活，最討厭像你這樣一天到晚干涉別人事情的小孩。」我說著姑姑曾對我說過的話，狠狠地發了頓脾氣。

「不是啦！我哪有一直干涉別人的事？總之對不起嘛！」浩秦漲

紅著臉，抓了抓後腦勺。我們微微歪斜著身體坐在椅子上，互相背過臉不看對方。

「有點奇怪！」浩秦自言自語地說。

我嘴角癢癢地，想問他什麼奇怪？我用力捏自己大腿，忍住，忍下來！不過幾分鐘前我才叫他別干涉別人，還發了大火，現在當然不能問這種話。

「不管怎麼想，都覺得很奇怪！」浩秦繼續自言自語地說著。

到底什麼很奇怪？一起自言自語全講出來不是很好嗎？偏偏不說最讓人好奇的部分，就只重複說著很奇怪。

「你很吵。」我瞪了浩秦一眼，他趕緊閉嘴了。但我並不是要他真的閉嘴的意思，我本來希望他回我「就那個啊，這事妳怎麼看？真的很奇怪啊。」諸如此類的話。

「你說什麼很奇怪？」我最終還是忍不住開口問他。

「每次搭電梯不是都遇到一位白髮老爺爺嗎？那爺爺好奇怪啊！我剛在電梯裡遇見他，他把2樓到24樓的所有樓層按鍵都按了。他邊按邊喃喃自語，甚至還哼歌。那樣子真的好可怕，把我嚇壞了。」浩秦像是終於等到機會說出口似地說著。

少管閒事，多讀書吧

浩秦說他看到22樓的老爺爺，但我卻都沒見過老爺爺。

「妳說2201號的老人家嗎？這個嘛，他之前每天早上都會出門，但最近沒看到他，反正應該是體力不太好，所以就比較少出門了吧。」警衛叔叔一副沒什麼大不了的表情說著。

「為什麼會突然體力不好啊？那是合理的嗎？」

「老人家那樣當然很合理啊。」警衛叔叔的反應依舊不冷不熱的。

「等一下！妳是上次被監視器拍到，誤以為是小偷的同學吧？我看妳很喜歡管人閒事。這裡的住戶都非常討厭別人干涉，所以妳還是少管別人的事，顧好妳自己就好吧。」警衛叔叔一邊仔細端詳我的臉一邊說。

我每次和浩秦見面，都會向他問起22樓老爺爺的事「那次後，我就沒再看到老爺爺了。妳為什麼對那爺爺這麼好奇啊？妳之前還叫別人不要愛管閒事的。」浩秦歪了歪頭。於是我把這段期間，我觀察22樓老爺爺的事情都告訴了浩秦。

「搬運塑膠袋，腳有點瘸，看起來像是生病了。那些都沒什麼奇怪的啊？要丟垃圾當然會用塑膠袋裝來丟，有的老年人看起來沒什麼精神和活力，有的走路一拐一拐的，都算常見。不過妳說電梯總是上去22樓，確實有點奇怪。如果行動不便應該不會常外出才對。而且我那天看到的景象更是奇怪，老爺爺把電梯所有樓層的按鍵都按了。另外，原本每天都會見到的人，突然沒再看到了，這也有點不合理。」

「是不是很值得我好奇？我才不是閒著沒事愛管閒事！對吧？」

浩秦聽完我說的點了點頭，然後雙手交叉在胸前陷入思考。

「也許他的兒女帶他離開了？我看電視上說過有些老人會去住療養院，說不定老爺爺也是。」

「如果是那樣就好。」

「乾脆上樓按門鈴吧？這樣簡單多了。」浩秦提議現在就到22樓。

「不行，絕對不行。」

「為什麼？」浩秦睜大眼問。

「聽說這棟公寓最近很常遭小偷。」

「跟那有什麼關係？」

「有關係。」我猶豫了一下，最後還是說出我被誤會是小偷的冤枉故事。浩秦先驚訝，再變成惋惜，最後他忍不住笑意，開始表情扭曲。

「嗚嘻嘻。」浩秦終究還是笑了出來，他露出那兩顆大門牙，笑得喘不過氣。

「不要笑！再發生一次誤會，我可是會被趕出去的。」

「抱歉！抱歉！」浩秦邊看我的臉色，邊把笑意強壓下來。

「還是我們到警衛室去，用對講機打給2201號，怎樣？」浩秦說。

「警衛叔叔會幫我們打嗎？」

「怎麼不會？他當然會幫我們打！」浩秦肯定地說。

「對講機？」果然警衛叔叔聽我們提起2201號，立刻皺緊眉頭。

「我說得很清楚了，還沒聽懂啊？妳之前都被誤會成小偷了，更應該要注意自己的言行舉止啊！」警衛叔叔不耐煩地揮手。

「每天見到的人，好幾天都沒看到，您難道不好奇嗎？」

浩秦一說完，警衛叔叔突然大發雷霆。

「要好奇什麼？我一點也不想知道！沒事亂打對講機，就是侵犯隱私！你們難道不知道這裡住戶都非常敏感嗎？拜託不要做這樣無禮的事！2201號的老人家跟你們有什麼關係？為什麼要一直這樣？」

「大家都是左鄰右舍啊！」

「左鄰右舍？現在還有人在乎這個？」

「首爾人都不在乎嗎？我們住江原道的人，可都是非常關心左鄰右舍！我們好幾天都沒看到老爺爺了，所以才會這麼擔心和好奇。」

「才幾天沒看到就這樣大驚小怪。」

「拜託您嘛！」浩秦一把握住警衛叔叔的手。

「咳咳，你這孩子怎麼這樣啊？」警衛叔叔邊甩開浩秦的手，邊難為情地咳幾聲。

「在我以前住的江原道那，有很多獨居老人，所以村長每隔幾天就仔細地巡查。如果村裡的婆婆媽媽們做了特別的食物，或是有新醃好的泡菜，也會送去給那些老人家。我媽曾告訴我老人家的早晨和傍晚是不一樣的，雖然我不太懂意思。」

「那句話當然是在說老人家們的健康，從早晨到傍晚都不一樣。昨天晚上還好端端的人，可能今天早上醒來就病了，甚至有人在晚上睡覺時就突然過世了。」警衛叔叔附和了浩秦的話。

「哇！叔叔懂好多東西喔！就因為那樣我們才這麼擔心和好奇啊！您就幫我們打一次對講機看看好嗎？」

「對方有可能會不耐煩地接起來，甚至還會罵人。」警衛叔叔猶豫了一下下，然後按了對講機。

「沒接！看來家裡應該沒人，可能出去了吧？」警衛叔叔很快地放下了對講機。

「孩子，這裡和你之前住的江原道是非常不一樣的，生病可以馬上去醫院，只要過個馬路，醫院比比皆是。所以不用像鄉下地方那樣，非得去探望老人家們。鄉下人和都市人是非常不同的，也許在鄉下左鄰右舍可以相處得很熱絡，但都市裡人們很討厭被干涉，即使老年人也是一樣。2201號的老人家如果看你們現在這樣，說不定還會生氣呢！」警衛叔叔說。

我和浩秦去買紅豆粥來吃，「我覺得如真妳很難一個人生活。」浩秦舀起紅豆粥邊吃邊說。

「妳看妳會去關心別人的事，老實說假設妳對我舅舅或妳姑姑說了這事，他們肯定會回一句那又怎樣？不用上班的人，本來就不用準時出門，不是嗎？如果告訴他們老爺爺按了電梯所有樓層鍵的事，他們一定反問韓國有哪條法律規定老人不能亂按電梯嗎？」浩秦說得沒錯，如果跟他們說老爺爺看起來好像生病了，他們百分之百會問所以呢？只要是人都會生病，那有什麼奇怪的嗎？

「如真妳之前不是跟我說，獨自生活的人一定要遵守的其中一項，就是不去干涉他人的事。可是妳不是那樣的人啊，不是嗎？在我看來妳應該永遠都沒辦法自己一個人生活。」

「獨自過好生活的方法：一是忍受髒亂、二是忍受不便、三是感到孤獨時裝作若無其事的樣子、四是臉皮要厚、五是不去干涉他人的事情，我會慢慢朝那個方向改變的。」我刻意強調地說。

吃完紅豆粥後，我們回到公寓，發現警衛室前停著一輛警車。警衛叔叔向雙眼炯炯有神的警察認真地說明著「遭小偷的房子何止一兩家！不過這裡的住戶大多都自己生活，所以才沒被偷走太貴重的物品，之前最高價的東西大概就是筆記型電腦。但昨天的損失可就大了，住戶說家裡保險櫃裡的金牛、金豬都不見了。」

「這年頭還有人會把貴重物品放在家裡？銀行不是有出租保險箱？存放在銀行的話就不會發生這樣的事啦！我都不知道13樓住戶這

1
202
2
警
察
POLICE

麼有錢。唉，金牛能換到多少錢啊？最近金價也很貴。啊對了，我現在才想起來，1902號有個來找親戚玩的二年級小學生，他的腳踏車也不見了。他說他只停在樓梯旁一下下，車就憑空消失了，偏偏那位置又是監視器拍不到的地方。是說那台腳踏車本來就很老舊，住戶才說他們懶得計較這件事。」警衛叔叔口沫橫飛地說著。

「偷走金牛的人，應該不會偷老舊的腳踏車。小孩騎的腳踏車和金牛！反差太大了。」警察一說完，警衛叔叔便接著回「就是啊，小偷如果把金牛賣掉，那賣掉的錢，想買幾台新的腳踏車就買幾台。」

「您說昨天沒看到外部人士進出，那只好從內部的人調查了。」

「那當然！我最近可是擦亮了眼睛，每天盯著有沒有外部的人跑進來。」警衛叔叔握緊雙拳說。

「公寓住戶中，最近有無可疑的人？看起來和平常不太一樣的人。」警察眉頭緊皺用手指揉了揉下巴，從他嚴肅的表情看來，這起案件很頭痛。

「這個嘛，您不都看了電梯裡監視畫面了嗎？這棟公寓的多數住戶，每天在固定同一時間移動，就像機器一樣，好像沒看到什麼行動舉止特殊的人……啊！」警衛叔叔說著說著望向了我和浩秦。

「雖然不知道這對案情有無幫助，但是有一個住戶已經在這棟公寓裡住了將近三年。雖然他大多時間待在房裡，不過最近好幾天完全沒看到他。啊！回想起來，他之前好像曾經搬運東西到外面，我怎麼會現在才想到呀？」警衛叔叔壓低了聲音，並向警察走近一步，在警察耳邊說起了悄悄話，聽起來在說22樓老爺爺的事情。

「是嗎？那我得檢查先前的監視器畫面了。」警察叔叔進入了警衛室。警衛叔叔不知拿起對講機撥去哪，過沒多久管理室的職員便跑了過來。

警察、管理室職員和警衛叔叔，三人盯著畫面看了好長一段時間。他們偶爾還指著畫面互相討論，神情看起來相當嚴肅。

「他每天那樣搬東西，您都沒好奇那是什麼嗎？」警察邊問警衛邊走出警衛室。

「我之前有猜過他只是去倒垃圾，啊！警衛這工作很忙，我並不是都坐在這裡盯著監視器畫面看而已。資源回收桶要我整理、廚餘桶也要我來維持清潔，快遞和掛號信這些也都我在簽收，就算有十個分身也不夠，可是金牛和金豬被偷的事他難道也是該懷疑的對象嗎？」警衛叔叔歪了歪頭。

「關鍵是120棟樓梯間的監視器，已故障了好幾天，卻沒人去處理。小偷很有可能不是搭電梯而是走樓梯，監視器如果故障不是應該要立即維修嗎？」警察一說完，管理室的職員便趕緊解釋了一大堆，說有太多大大小小的事情要處理，所以很難馬上進行維修，就算修了也很快又會再壞之類的話。

「總之所有可疑的人，我們都必須進行調查，請您先用對講機打

去2201號吧。」警察把手上的記事本闔上。

「剛才都沒有人接耶。」警衛再次拿起對講機按下號碼。好像還是沒人接，所以警衛又按了好幾次。然而始終沒有人接聽，於是警察想直接上樓拜訪2201號。但最後警察卻只說了句幾天後再過來，便離開了。

「這樣太過分了吧？」警察一離開，我上前去質問警衛叔叔。

「什麼東西？」

「根本還沒確切的證據，就這樣懷疑別人。」

「我沒懷疑他，之前每次遭小偷時，都把重點放在是否有陌生人進到公寓的方向調查，但剛才警察說犯人有可能是內部的人，也就是在住戶之中。正如你們剛才聽的，警察要我說出和平時行為舉止不一樣的人，所以我才這樣說。說句實在話，那老人家搬東西到外面的事實不是很明確嗎？這都是為了抓小偷，並保障這棟公寓其他住戶安全，到底有什麼奇怪？」警衛叔叔激動地說。

「再怎樣小偷也不會是22樓的老爺爺啊，他走不了樓梯的！因為我看過他走路一跛一跛的樣子。」

「妳真是奇怪的小孩啊。」警衛叔叔突然用力瞪著我。

「嚴格說起來，你們也算外部人士。你們是暫時來這住的孩子，尤其是妳，從來到這棟公寓開始，就每天探頭探腦的。雖然之前802號那位住戶有到管理室做說明，但她那些說明也沒清楚的證據，還說什麼妳是無聊才到處跑來跑去的。」

「什麼啊，那叔叔這樣講是在暗指我是小偷嗎？」我睜大眼睛看了看警衛叔叔，然後又看向了浩秦。

「行了！你們別再管這事，回家去讀你們的書吧！多管閒事，是很容易被誤會的。」警衛叔叔揮動著雙手說。

房子裡面明明沒有人，陽台怎麼會出現一隻手

「姑姑，連走路都不方便的老爺爺，有可能會到別人家裡去偷東西嗎？」到了傍晚，我試探地問了姑姑，當然我沒提到任何關於22樓老爺爺的事情。

「偷什麼？」姑姑一邊卸著妝，一邊冷冷地回應我。

「什麼都有可能偷啊。」

「如果重量不重的話，應該有可能吧？像金銀首飾或現金的重量就不重啊……怎樣？是抓到之前在公寓裡偷東西的犯人了嗎？他們說那個犯人是老人？」阿姨把髮帶拉到頭上，驚訝地問。

「他們說犯人是誰？什麼時候抓到的？」姑姑的雙眼閃爍著光芒。

「沒，沒有啦，不是那樣。」我支支吾吾地回答。

「我還以為抓到了！」姑姑再次搓揉著臉卸妝，我悄悄地起身走到客廳。

「羅如真！」姑姑大喊一聲叫住我，口氣如刀般鋒利，我的胸口像被刺了一下。

「妳休想逃過我的鷹眼，給我老實交代清楚，妳說的老爺爺是誰？」

「就，就跟妳說不是啊。」

「什麼叫做不是？說清楚，到底什麼事情？妳是不是又瞞著我闖了禍？」姑姑的眼裡射出強烈的光芒，臉上一副絕不放掉口中獵物的表情，還有銳利的眼神。

在那眼神的壓迫下，我無可奈何地說出了警察今天來公寓調查的事，還有警衛叔叔和管理室叔叔對警察說的那些話。

「誰說年紀大就不能當小偷？我曾看過國外的新聞報導，當時發生了金庫搶劫案，那小偷只挑官邸潛入，而且不論材質多堅固的金庫，他都能瞬間打開並把裡面物品偷個精光。很難相信一個人的手居然可以如此快速又準確，所以後來人們都叫他：神之手金庫怪盜。當時很多人都想像他是個非常敏感細膩、小心謹慎的年輕男子。但後來發現他竟然是個93歲的老人。22樓的老爺爺之前一直在搬些什麼東西，而且還用了讓人看不見裡面的黑色塑膠袋來包裝，光這幾點就夠可疑。他很可能為了保險起見，想把偷來的東西趕快移到外面。因為只要不小心露餡，警察一定是先搜查家裡。嗯，看來他們之前只懷疑外部人士，而沒去留意那個老爺爺都在搬運什麼啊？總而言之，希望快點抓到小偷，好令人不安啊！」

假設先前遭小偷的事情如同姑姑說的，22樓老爺爺因為總是被看到一直在搬東西，所以很可疑，那昨天的事情又怎麼一回事？

金牛和金豬遭竊的事件，警察和警衛叔叔推測小偷是走樓梯進行犯案的。這個……22樓老爺爺真有辦法用他那雙腿在樓梯爬上爬下嗎？更重要的是，就算他都沒搭電梯，但只要他人在家，至少還會見到他一兩次面吧？他總會出門買食物啊？然而這幾天，不要說22樓老爺爺本人，連和22樓老爺爺相似的人都沒看到。

雖然我沒辦法解釋得很清楚，但自從22樓老爺爺消失後，我腦中經常會浮現靠在樓梯欄杆上氣喘吁吁的老爺爺。也會想起他跛著腳，走起路來很費力的樣子，還有他消化不好所以不能喝牛奶的事情。

啊！現在才想起來老爺爺之前把吐司硬塞進嘴裡的樣子，那舉動也很奇怪。因為消化不好，連牛奶都不喝的老爺爺，竟然那樣大口啃麵包，真讓人無法理解。

「羅如真！這件事大人們會處理，希望妳不要再好奇些有的沒的了，我上次講得夠清楚了吧？」姑姑起身去洗臉，一邊大聲地說。

當然夠清楚，上次說只要再發生一次一樣的事，就要馬上把我送走。儘管如此，22樓老爺爺的事情還是不能就此打住。真的只要解決完老爺爺的事，我就再也不去好奇別人的事了。就算有人說在江邊抓鯨魚，或是有人把皮鞋當帽子戴在頭上，我也絕對不會再好奇。

「警察和警衛叔叔好像想錯了。」我傳了訊息給浩秦。

「調查看看應該就會知道了。」收到了浩秦的回覆，這回覆又是什麼？我本來期待收到的回覆是「我也那麼想，警察根本就搞錯了，我也和妳一樣擔心那個老爺爺是不是發生了什麼事。」結果他並沒有如此回我。如果浩秦再積極一點，對我的推測多一點興趣的話，也許我們還可以一起找出一些線索呢。

我走到外面，站在離公寓有點遠的位置，用眼睛數著樓層數，並仔細地觀察著2201號的陽台。因為樓層很高，所以很難看清楚裡面。

今天是第幾天沒有看到22樓老爺爺了呢？我用手指頭數著。這段時間，警察很頻繁地進出公寓，不過沒確切的證據，所以並沒有任何的進展。本來希望警察會打開2201號的房門，但在沒證據的情況下，警察似乎也不能隨便打開別人家的房門。

「妳還在好奇老爺爺的事嗎？到目前為止都沒任何事發生，看來應該不是大事，我們就和大人們一樣思考吧。警察沒找到證據，代表老爺爺應該不是犯人，而好幾天沒見到老爺爺，代表他真的不在家，可能他有事所以去某個地方了吧。我決定讓自己這樣想，事實上我們也做不了任何事。」在久違的出門買麵包路上，浩秦發現我一直盯著公寓上方看，於是開口說。

「我們要不要進去22樓老爺爺的家裡看看？」

「什麼？」浩秦聽到我的話，驚訝地停下腳步。

「我們進去看看老爺爺是不是真的不在，我也很努力說服自己像你那樣想，但感覺真的不太對，我總覺得22樓好像哪裡怪怪的。」

「所以只單純因為妳的感覺，我們就撬開門進去嗎？那種行為可是犯罪啊，那是違法的，妳懂嗎？」浩秦嘆了一口氣說。

「以前來買蛋糕的那位老爺爺，請問您最近有見到他嗎？」我詢問麵包店的店員。

「那位老爺爺？他最近都沒來。」

「您不好奇嗎？天天來的熟客突然不來了？」

「要好奇什麼？」店員一臉困惑地看著我。

「羅如真，好了啦！」浩秦戳了我的側腰。

從麵包店出來後，我和浩秦走著我又望向了2201號。早晨的陽光映照在玻璃窗上，反射出了亮光。啊！我一下子睜大了雙眼，2201號的陽台上有什麼東西突然冒出來又縮了進去。雖然不知道那是什麼，但我

確實看到了。

「你也看見了吧？」浩秦在旁邊咬著吐司，我用力地拍打他肩膀。

「什麼？看見什麼？」浩秦睜著他那蝦米般的小眼，環視了四周。

「22樓，2201號，你看到陽台了嗎？」我用手指頭指向2201號。

「妳說陽台怎樣？」

「不是陽台怎樣，是剛才有什麼東西從陽台冒出來。」我焦急得捶胸頓足，我邊說邊回想剛才那東西好像是人的手。

「嗯，有什麼東西冒出來又縮了進去？」一段時間後，浩秦開口說。「是啊！」浩秦也看見了吧？我吞了吞口水，一瞬間，我因為緊張而全身緊繃。

「頭髮這麼長，眼睛瞪得大大的，嘴裡還滴著鮮血，對吧？」浩秦噗嗤笑了出來。我氣得握緊拳頭，朝浩秦的後腦勺捶了下去。

我站在原地一動也不動，緊盯著2201號的陽台看，然而剛才看的東西並未再出現。我向浩秦強調好幾次我看到的絕不是幻影，因為他一直不信我說的話，我甚至還急得掉下眼淚。

「是真的嗎？」

我雙眼含著淚水，重複說了好幾遍一樣的話，浩秦這才漸漸收起了臉上的笑容。

「那就是說有人在2201號房裡囉？可是為什麼那人不接對講機呢？之前警察來的時候也撥了好幾通呀！」浩秦的臉色反倒變得更加嚴肅。

「2201號裡是不是發生了什麼事？或許此刻正在發生什麼也說不定。電影裡很常出現那樣的劇情啊！經常會出現很多人們難以想像的事情，據說有些劇情還是真實事件。很難說2201號裡面不會發生那些事啊，對不對？」我想起以前看過的恐怖電影。

「妳是在想像哪一部電影啊？」浩秦問。

「各種電影。」我深深地吸了一口氣後說。

「那我們要不要去找警衛叔叔，告訴他2201號真的很怪，請他和我們進去看一看？」浩秦說。

我搖了搖頭，目前為止從警衛叔叔的言行舉止觀察下來，他應該不會認真聽進我和浩秦說的話。他搞不好會訓斥我們去讀書。

「不然就告訴妳姑姑呀，妳不是說妳姑姑是一名雜誌社記者嗎？那她一定見過、經歷過很多事件吧？她聽完妳的話之後，說不定可以推理出什麼線索？」

「不行！告訴我姑姑的話，我連2201號周圍都去不了，馬上就會被趕去奶奶家。你之前見到我姑姑時，應該就知道她是哪種個性啦！你難道感覺不出來嗎？」

「那還是要跟我舅舅說？雖然我舅舅也非常討厭管別人的事情，

但應該比妳姑姑好一點。反正就算他把我趕走，我大不了回我家。」

哎呀！我突然驚覺到自己怎會說出奶奶家？浩秦發現了嗎？他有察覺到我爸媽離婚了嗎？上次也被他看到爸媽分開來找我。

雖然真的很奇怪，但還是不要多管閒事吧

「妳的夢想是成為作家嗎？妳想寫推理小說嗎？通常懷抱著那種夢想的人，都會把平凡的小事看得很特別，把它們誇大成特殊事件之類的，而且還希望那些事成真。」刺蝟頭（不對，從此還是稱呼他為浩秦的舅舅好了。有事情前來拜託他，像這樣稱呼長輩為刺蝟頭好像太失禮。）總之，浩秦的舅舅邊用手指撥弄垂到額頭上的頭髮邊問我。

「不是！成為歷史學者才是我的夢想。」我最討厭的就是寫作。

「是嗎？」

「我連一點點成為推理小說作家的意願都沒有！空房的陽台上冒出一隻手又縮了回去，這難道不是一件特別的事嗎？這絕對不是我憑空幻想出來的！」

「好吧！我們冷靜思考看看。妳說妳好幾天都沒見到22樓的老爺爺了是嗎？人生活在這世界上，總是有可能會出門旅行吧？」

「是的。」

「還有就算獨自生活的老人，也會有子女或是親戚吧？」

「那麼從陽台上冒出來又縮回去的那隻手呢？」浩秦問。

「22樓那麼高的地方，很有可能因陽光反射而看錯。不要因為這一點小事就大驚小怪的，還不如去好好讀書學習。還有妳的名字叫做如真吧？如真啊，想像和現實是要區分清楚的。不能把想像拉進現實世界，小說是小說、現實是現實。」

「都說了我夢想不是作家！您怎麼就不相信別人說的話？」

「我不管怎樣都要進2201號。」我邊從浩秦家裡出來，邊對他說。

「妳堅持一定要那樣做的話，我就陪妳一起吧！」浩秦這話帶給我滿滿的力量，我非常感激浩秦，於是一把握住他的手。浩秦的臉漲得通紅，雖然如此他也沒甩開我的手。

「呀啊～」我一開門就聽見姑姑尖叫。

「羅如真！不是做了消毒嗎？蟑螂怎麼又出現了？」姑姑嚇得跳過來跑過去的。

我沒回姑姑，只癱坐在房間角落。姑姑又尖叫了，她說我坐的位子剛才有蟑螂在那爬，說不定會爬進我的衣服，叫我趕快站起來。

「不過就是蟑螂。」我不得已只好扭著身子站了起來。

「不過就是蟑螂？妳膽子突然變大了啊？如真啊，妳可以再請住在6樓的男孩來嗎？妳叫他來幫我們抓蟑螂嘛！那邊的窗簾，好像還有很多蟑螂在爬。」

上次人家幫忙抓完蟑螂後，不只連一句謝謝都沒和他們說，還背地裡把他們臭罵了一頓，現在還要再叫人家過來？

「趕快！」姑姑用命令的口氣大喊。

我的訊息才剛傳出去，浩秦馬上就跑上來，他的舅舅也踩著拖鞋跟了過來。

「您如果繼續這樣生活，就算再怎麼殺蟑螂，也還是會再跑出來。您必須先清潔家裡的環境！」浩秦的舅舅環視著凌亂不堪的房子，忍不住說了。

浩秦拿著筆記本，認真找著蟑螂蹤影，浩秦的舅舅呆望著他的背影，接著又開口問了姑姑「關於這問題，您是怎麼想的呢？」

「這我的房子！要不要打掃都與您無關。」姑姑冰冷地反駁。

「我不是在說打掃的事，我是說剛剛孩子們說他們看到的那隻

手，從陽台上冒出來又縮回去的那隻手啊！我說的是22樓的老爺爺。剛才聽完孩子討論，原本還叫她少管閒事的，但我仔細想了想還真有點奇怪。我之前每天早上也都會見到老爺爺，雖然只對他的後腦勺有印象，但他看起來身體不太好。當然如果老爺爺去兒女的家，那就沒關係，但萬一不是的話呢？」

「您到底在說什麼啊？22樓老爺爺跟您有什麼關係啊？還有從陽台上冒出來又縮回去的手又是什麼？雖然我聽不懂您在說什麼，但我看您時間很多喔？看您跟孩子們這麼合拍，還對別人家的事情這麼感興趣。」姑姑用不屑的眼神看著浩秦的舅舅。

「不就時間很多，才會到別人家幫忙抓蟑螂嗎？」浩秦舅舅整張臉變得通紅，用尖銳語氣頂撞回去。

在浩秦抓蟑螂的期間，姑姑和浩秦的舅舅兩人背對背站著，彼此互不理睬。

「也不一起抓蟑螂，到底跟過來做什麼？」姑姑喃喃自語地說。

「治安那麼差，怎麼知道會發生什麼事，誰敢讓小孩大半夜自己跑去別人家。」浩秦的舅舅迎面反駁。

浩秦和他舅舅回去後，姑姑有如宣洩而下的瀑布，咒罵起浩秦的舅舅。先罵他太愛乾淨福氣都流光了，再罵他食物吃到哪去瘦得像骷髏，又說他年紀輕輕頭髮那麼少就要禿頭了，罵這罵那，源源不絕罵個沒完沒了。

「不過他說那些什麼意思啊?說什麼手從陽台上冒出來又縮回去的?」在把浩秦的舅舅痛罵一頓後,姑姑疑惑地問,於是我把今天白天發生的事告訴姑姑。

「妳真的看到了嗎?會不會看錯了啊?」

「才不是,我非常清楚地看見了。」

「如果妳看到的是真的,那的確很奇怪,妳不是說老爺爺都沒有出門買吃的?那代表房子應該是空無一人才對,但是在老爺爺獨自生活的房子裡,竟然出現了一隻手,那就表示有人在房子裡,那會是誰呢?這事件是蠻有意思的,說不定還能撈到獨家新聞呢。」姑姑直盯著我看。

「姑姑請寫這則獨家新聞吧，到時能力被上級認可，也許還因此加薪呢？我們現在就去打開2201號的門看看？」我一刻也不放過。

「妳真的準確無誤地看到了嗎？那真的是一隻手？」

「就說是真的了！」

「確定是2201號？」

「當然確定。」我大力地點著頭說。

「但隨便開別人家的門是會產生問題的，還是要去請求管理室的協助呢？」啊！如果當初警衛叔叔聽我的話，我也不用抱著會被趕出去的覺悟，把這事告訴姑姑。

「警察也沒去打開2201號的玄關門。」

「是啊，沒獲得允許，是沒那麼容易進別人家的。」姑姑全神貫注思考著什麼。一段時間後，姑姑握緊雙拳，一下子站了起來。

「羅如真，打電話叫剛才那個令人倒胃口的男人來，就是6樓那男人！」浩秦的舅舅真可憐，大半夜被叫來抓蟑螂，連一句感謝的話也沒聽到，還被說成是令人倒胃口的男人。

「我姑姑叫你舅舅上來一下。」我傳了訊息給浩秦，過一陣子終於收到了他的回覆。

「我舅舅說他絕不去妳姑姑家，就算妳姑姑被蟑螂吃掉而上新聞，他也不去。」於是我又再傳一則訊息給浩秦，告訴他不是蟑螂的事，而是跟老爺爺有關的事，並叫他們快點來。

大約三十分鐘後，浩秦和他舅舅上來了。

「千萬別說我在找寫新聞的素材。」電鈴一響，姑姑快速靠到我耳邊低聲叮嚀。

「孩子們說的不像是謊話。」姑姑話音剛落，浩秦的舅舅無縫接軌就接了話「我也這麼認為。」。

姑姑和浩秦的舅舅討論了起來，對於直接進去2201號確認的提議，兩個人一致表示贊同。他們說請鎖匠來開門就行了，但針對到底要報警，還是通報管理室卻遲遲得不出結論。

假設報了警，結果打開2201號的門，卻發現什麼事也沒有，那麼就演變成是孩子們的惡作劇事件。到時就會被叫去警察局問話，整件事情也會變得很麻煩。通報管理室的選項也差不多，我之前因為到處遊蕩，被誤認為是小偷。萬一2201號的門打開，什麼事也沒有的話，姑姑說她會尷尬丟臉到無法繼續住在這。

如果不報警也不通報管理室，就更不能隨便偷開別人家的門，被發現的話絕對會被當成小偷，還可能以非法入侵民宅的罪名被指控。

最後浩秦的舅舅提議先報警再說，但姑姑反對，後來姑姑改變心意說報警，又換浩秦的舅舅反對，夜越來越深了依然沒有討論出結果。

最後他們得到的結論是「不要多管別人家的閒事」，理由是不論怎麼想，這都稱不上是大不了的事。雖然這件事是還蠻奇怪的，但似乎不管想出什麼方法，整件事都太麻煩了，因此便作出這結論。

「這不是我們該干涉的事，所以從現在起，你們也不要再想這件事了。」姑姑和浩秦的舅舅不知不覺間站在同一陣線，並用威脅的口氣對著我和浩秦說。

「我們自己來吧！你舅舅和我姑姑很明顯都覺得這件事很奇怪。只不過他們身為大人，要在意的事情太多了，所以無法輕易行動。我們去找鎖匠叔叔，請他來幫我們開門吧！就說那是我們家，鑰匙弄丟了，密碼鎖就說是故障了！」我的心意已決。

「到時被妳姑姑送走也無所謂嗎？」

「被送走就送吧！姑姑真的要送我走，我也只能走啊！我不想再每晚和蟑螂作戰了。我也不想忍受髒亂、忍受不便、感到孤獨還裝若無其事，而且我臉皮也不夠厚，也很難不去干涉別人的事。」我自言自語地說著。

「妳在說什麼啊？」浩秦問。

「沒什麼！我們把計畫規劃得更具體吧！」我揮手叫浩秦靠過來。

侵入

我們請鎖匠叔叔在十一點前抵達2201號，開鎖費用是一萬五千韓圓，我和浩秦說好一起平分費用。

我們決定爬樓梯到22樓，十點五十五分，我和浩秦出發前往22樓。外頭傳來了一陣嘈雜的摩托車聲，浩秦往外看然後舉起了大拇指，這是鎖匠叔叔來了的意思。

我們到了22樓之後，先按了2201號的電鈴。裡面沒動靜，接著電梯

門打開，鎖匠叔叔走了出來。

「鑰匙帶身上很容易搞丟啊！建議換成密碼鎖，價錢也不貴。花點小錢不但方便外型又好看，這樣不是一石二鳥嗎？」

鎖匠叔叔邊說邊從工具袋裡掏出幾樣工具，鎖匠叔叔的聲音非常地響亮，我緊張害怕得不得了，擔心如果有人聽到聲音而上來察看，那可怎麼辦才好。

門輕易的打開來了，浩秦迅速把一萬五千韓圓放到鎖匠叔叔的手上。鎖匠叔叔說如果要換電子鎖，記得一定要找他，交代一番後便回去了。

在鎖匠叔叔下樓後，我和浩秦互看一眼。門雖然被打開了，我們

緊急出口
2201

卻在門外猶豫不決，無法輕易動手推開它。胸口像被一股沈重氣息狠狠地壓住，那感覺好像是恐懼、又好像是害怕。

「推開門啊！」我看著浩秦並壓低聲音說，他吞了吞口水，隨著口水吞下去的喉嚨也跟著抽動了一下，浩秦的手放到了門把上。

嘎吱嘎吱，門發出了尖銳金屬聲，浩秦抓著門把稍微一推，就被那聲音嚇得抖了一下。

「妳來開啦！」浩秦被嚇得臉色鐵青，放開門把。

「這有什麼好怕的！」我把浩秦擠到一旁，然後小心翼翼推開門。

隨著門被打開，屋裡的景象也顯露出來。玄關上放著運動鞋、拖鞋各一雙，旁邊還擺著一個裝得鼓鼓的黑色塑膠袋。

一股酸臭的氣味襲來，浩秦捏住鼻子。聞起來有點像汗臭味，也有點像食物腐爛的味道。

我的汗順著背後流下來，我的胸口緊繃得快要炸開來一樣。

客廳中間只擺著一張桌子，除此之外沒看到別的家具。桌旁鋪了條棉被，右邊有台電風扇，電風扇旁放著一把抓背耙子。

廚房有張餐桌，上面有幾個鍋子和碗，鍋碗旁還垂著雜亂的藥包。不用走近也可以知道鍋子裡裝有食物，因為鍋子上有辣椒粉的痕跡。屋子裡一點人的動靜也沒有。

「看來是空房子沒錯，不像是有發生什麼事，對吧？」浩秦小聲地說。

「趁還沒被發現前趕快走吧！」浩秦緊張了起來。

「你先不要吵啦！」我用下巴指了指房間。房間都還沒確認，怎麼斷定真的是空房子？而浩秦卻似乎極為篤定這是空房子，腳上還穿著運動鞋，就直接大步朝房間走去。

浩秦走進房間後，用眼神示意我跟過去。

「哇！」房間牆壁上佈滿了塗鴉，看起來像幼兒園小孩畫的，有人的模樣、花朵、樹木，還有不知是小豬還小狗的不明動物們，以及各式各樣的玩具。令人意外的是，房間中央竟然停了一台兒童腳踏車。

那台腳踏車不是停在陽台或玄關，而是停在房間，而且還是正中央。

加上那台腳踏車生鏽得太嚴重，就連要稱它腳踏車都有點不好意思，說穿了就是個古董。

「這裡好像也住著小孩，老爺爺不是自己住。」浩秦小聲地說。

可是不管怎麼看，除了房間外，其他地方都沒有小孩生活的痕跡。如果有小孩住在這的話，應該可以看到一些衣服或鞋子之類的。

「我們已經確認了這裡都沒人，可以走了吧？」浩秦用力推推我。

我快速掃視屋內，我原本想像的那些恐怖電影裡會發生的事都沒發生，真是太好了。

就在這時，我的視線停在了陽台上。

「你看那裡！那是什麼？」我用力拉浩秦的手臂。

小狗狗

「人……人，是人啊！是人！」很明顯有個人趴在那。

撲通！撲通！我的心臟劇烈跳動著。浩秦站著動也不動，像冰塊一樣僵在那。不知道過了多久，浩秦開始緩緩地往後退。

「我們快離開吧！」浩秦迫切地看著我。

「你先別吵。」我一把抓住浩秦的手，他卻把我的手甩開。

「妳真的要繼續嗎？」

我瞪著浩秦，「你不是說我要做，你就陪我一起？快點過來。」

我推著他的背往陽台方向移動。

「呃啊啊！」浩秦看向陽台外面，然後尖叫。真的有人趴在地上一動也不動，那濃密的白髮最先吸引了我的注意。

「怎麼辦啊？我們快離開吧！」浩秦的聲音有些顫抖。

我仔細觀察那個趴在地上的人，我無法邁開步伐，我的耳邊像是有數百隻蜜蜂似地嗡嗡作響，冷汗順著我的背脊流下來。

老爺爺死了嗎？看他一動也不動的樣子，的確是很有可能。

「羅如真，求妳了，我們快走！」浩秦苦苦哀求。

這時老爺爺的手動了，他費力地舉起手臂，伸向陽台欄杆方向。

「還……還活著。」我喃喃自語著。

老爺爺竭盡全力地試著將手放到欄杆中間，但因為力氣不足，馬上又滑落下來。

「快……快，快打電話。」我對浩秦說。

「打，打，打去哪裡？」

「警衛，不對，是119。」

不知時間過了多久，時間就像拄拐杖的老人，漫漫雪日裡蹣跚前行，非常緩慢。

外面傳來了救護車聲音，很快救護人員便扛著擔架走進來，警衛叔叔也跟過來。看到救護人員那一刻，我的腿突然失去力氣，一下子癱坐到地上。

「到底發生什麼事啊？看到救護車來，想說出什麼事了，跟上來一看，原來2201號啊！你們怎麼會出現在這？現在誰能說明一下？」警衛叔叔不知所措，看著救護人員把趴在陽台上的老爺爺抱起來。

119
119緊急救護
1166

「怎麼回事啊？老人家去世了嗎？」警衛叔叔望著被擔架抬走的老爺爺，詢問了救護人員。

「不！還活著。」抬擔架的救護人員急急忙忙地走到外面。

「打電話叫救護車的是誰？還有患者的家屬在哪裡？」還留在屋內的救護人員詢問警衛叔叔。

「這是誰打的電話呢？」警衛叔叔歪著頭和我對到了眼。

「應該是孩子們打的電話！至於患者家屬，我要到管理室去查一下。住在這間房的老人家是獨自生活，好像偶爾才有人來拜訪他。」警衛叔叔邊說邊環視屋內。

「這房間裡怎麼會有腳踏車啊？哎唷！根本是一台古董兒童腳踏

車嘛！老爺爺不是自己住嗎？怎會有這樣的腳踏車在家裡呢？這該不會是19樓住戶遺失的腳踏車吧？

「請您盡速到管理室協助查詢患者的家屬。」正疑惑的警衛叔叔在救護人員的催促下，匆匆地走出屋外。

警衛叔叔和救護人員搭乘電梯下樓後，我和浩秦便關上了22樓的門，然後走樓梯下樓，我的心臟依然跳得非常快。

「好險老爺爺沒死！送到醫院後，應該就沒事了吧？」浩秦說。

「是啊。」我雖然說著話，但全身都沒力氣加上流汗的關係，明明是炎炎夏日，我卻瑟瑟發抖。

「話說回來，事情大條了啊！」走前面的浩秦，突然在樓梯間停下來擔心地說。「既然警衛叔叔都看到了，他不太可能裝作沒事吧？他肯定會告訴妳姑姑和我舅舅的！啊，真是失策了。打完119後，我們就應該要馬上離開的。妳之前說被送走也無所謂，那妳應該沒差吧？唉，但我怎麼辦啊！我現在回家應該會有一堆搬家行李要收拾整理啊，好煩啊！」浩秦悔恨地直跺腳。

「誰跟你無所謂？我比你還更慘！」我癱坐在樓梯上。

「你沒看到警衛叔叔看我的眼神？他肯定認為我是進去偷東西時發現老爺爺的，就像發生了預料的事那樣。我總覺得未來好像有很多可怕的事在等著我，好像不只被姑姑送走而已！可能還被抓去警察局。」想到這裡，我不禁嘆了口氣。

「那他大概也會把我當成小偷，因為我和妳一起進去2201號。他肯定會那樣想吧？我爸知道了話，絕對會說我是丟盡全家人臉面的臭傢伙。」浩秦也嘆了口氣。

「話說回來，剛才房間裡那台腳踏車。聽警衛叔叔的推測，他應該是懷疑那是老爺爺偷的吧？那也就是在說他是小偷啊！有必要那麼複雜嗎？」浩秦再次嘆了口氣。

幫她擠牙膏，餵他吃飯

我和浩秦就這樣成為不能表揚，也不能責罵的孩子。

「真是多虧了這兩個孩子，2201號的老人家才得以平安無事，但沒得到屋主許可，就擅自打開別人家的門闖進去，這絕對是不容忽視的問題。」管理事務所的主任叫來姑姑和浩秦的舅舅，並對他們說。

主任抬起他那格外尖銳的下巴，並皺緊雙眉。姑姑和浩秦的舅舅在他面前像兩個罪人似的，把頭壓得低低的。

「的確是太不像話了！他們怎麼會想到要叫鎖匠來打開別人家的門？那狀況應該要先通知管理事務所，然後再報警啊！不是嗎？還有那當警衛的，他竟然都不知道。」

這樣說起來，警衛叔叔也不是毫無責任。

「對不起。」浩秦的舅舅按壓著他那刺蝟一樣直挺挺的頭髮，卑躬屈膝地說。

「這不是說句對不起就能解決的事情啊！」主任不饒人地說。

「那不然要怎樣？」姑姑突然火爆地說。

「到底有什麼是比人的性命更重要呢？這兩個孩子都說了，他們不是進去偷東西而是擔心老爺爺，所以才進去看一看的。恐怕再晚一點老爺爺就有生命危險，醫院不也是這樣說了嗎？既然如此，不是應該表揚孩子們做得真棒，或是頒個獎給他們嗎？莫非老爺爺去世了，主任您才會高興嗎？」姑姑脖子上爆著青筋，激動地爭辯。

「您說那是什麼話！哪可能有人去世會高興的啊？」姑姑的態度強硬，管理事務所的主任便畏縮了起來。

「那個老爺爺不是有個兒子嗎？結果呢？讓身體不太好的老父親自己生活，也不常來探望他。說句公道話，真正不像話的是他兒子吧？好啊，就當孩子們做錯了、犯罪了，如果要接受懲罰的話，那就受罰吧！如果法律這樣規定，那當然要依法才行。但主任您應該沒有處罰孩子們的資格吧？既然如此，您就先閉上您的嘴！」姑姑手指指著管理事務所主任的臉，主任乾咳幾聲，接著緊緊地閉上了嘴。

「我們走吧！」姑姑一把抓住了我手。

「我們也走吧！」浩秦的舅舅搭著浩秦的肩。

「要不要去吃豬排？吼完我的肚子都餓了！」一走出管理事務所，姑姑就對浩秦的舅舅說。

「我不吃豬肉，因為有種味道！還是去吃牛排呢？」浩秦的舅舅鼻子一皺地說。

「我可不吃牛肉，吃肉當然是要吃豬肉啊！牛肉哪有什麼滋味。」姑姑和浩秦的舅舅在路邊一方主張豬肉、一方主張牛肉，雙方意見爭持不下。最後，我們既沒吃豬排也沒吃牛排，而是去吃辣炒雞排。

而去吃辣炒雞排時，姑姑請店家多加一點辣，浩秦的舅舅則是請店家少放一點辣。雙方互不相讓最終各自點一份。

「妳姑姑和我舅舅要自己生活，真是最正確的決

定。」浩秦在我耳邊低聲地說。

「羅如真！我剛才打電話給奶奶了，奶奶說她和朋友們去旅行，大概五天後回來，到時候妳就去奶奶家吧！」在吃辣炒雞排的時候，姑姑宣布了晴天霹靂的消息。

「雖然多虧了你們，老爺爺才活了下來，這的確是件令人開心的事，但我實在不想再被牽扯進別人家的事了，這讓我感到非常不自在！太複雜太麻煩了！妳不知道我一整天都在處理這件事？先去醫院，再去警察局，最後還去了管理事務所，聽那個主任講那些！呃啊，真是累死人了！」姑姑雙手抱頭，露出了痛苦表情。

「你也回你家吧！你來之後我的生活一團混亂，太累人了！大半夜的還被叫去抓蟑螂，而且人生第一次被叫去警察局！」浩秦的舅舅也開口說。聽到蟑螂，姑姑瞇起了眼睛瞪著浩秦的舅舅。

三天後老爺爺終於恢復意識，並醒了過來。老爺爺說他不久前生了病，後來身體越來越不舒服，連飯都吃不下，所以老爺爺自覺再過不久就要離開這個世界，於是便慢慢開始整理東西。因為他擔心那些老舊不好看的東西會成為兒子的負擔，便下定決心都清理掉。他之前每天都搬運著什麼，其實就是破舊的衣服、雜物之類的東西。

就要被趕出家門的浩秦和我，聽到老爺爺清醒的消息，由衷地感到開心。這是我有生以來第一次想誇獎自己：做得好！羅如真！

「那台腳踏車他怎麼說？真的是老爺爺偷來的嗎？」浩秦問。

「我昨天仔細聽了姑姑和警察叔叔的對話，他們說老爺爺好像有點阿茲海默症的狀況。聽說警察叔叔詢問一些曾在路上見過老爺爺的人，當中的幾位說他們不久前看到老爺爺做了一些奇怪的行為。其實我之前也有看到，原本消化不好而每天只吃蛋糕的老爺爺，某一天突然把吐司大口大口地往嘴裡塞。」

「啊，對了！之前老爺爺把電梯的按鈕從一樓按到頂樓的舉動也很奇怪。」

「他們說腳踏車的確是老爺爺搬回家的，不過老爺爺可能有阿茲海默症，也不知道該不該說是他偷來的。聽說警察叔叔問了老爺爺為什麼要把腳踏車搬到房間裡放著，結果老爺爺回說那是他兒子的腳踏車，當然把它放到兒子的房間。我姑姑說罹患阿茲海默症的人，會出現只記得某段時期記憶的症狀。也許老爺爺是記起他兒子小時候騎腳踏車的那段時期吧？那一定是他最幸福、最不想遺忘的時光吧？」

聽完我的話，浩秦的雙眼變得淚汪汪的，他紅著眼說「既然如此，我們也不要說那是老爺爺偷的吧！」

浩秦誇獎了我，老爺爺說他因為都沒吃東西而虛脫倒地，但他還是努力爬到陽台試圖求救。就在他手伸出陽台的那一瞬間，竟然就幸運地被我看到了。

老爺爺的兒子說他不追究我和浩秦擅自闖入2201號的事。

「如果我是他兒子，至少會上門拜訪親自表達感謝，那人也太不懂人情世故了吧？」姑姑聽到老爺爺的兒子透過管理事務所轉達的那些話後，對他兒子的態度感到很反感。

「雖然從結果來看，救了老爺爺是件好事，但做人太雞婆熱心，到頭來一點好處也沒有！老爺爺的兒子說不追究妳的過失，妳反而要倒過來感謝他了啊？」

我本來還暗自擔心自己和浩秦可能會被抓去警察局，但一聽到老爺爺的兒子說不追究我們的過錯時，內心不但鬆了一口氣，還不自覺地對他兒子產生了感謝之意。

終於來到了在姑姑家的最後一天。

「我們今晚去吃辣炒雞排吧！上次吃了一次還不錯耶！那味道還滿令人上癮的，我老想起那滋味，每次想到就流口水。」我在打包行李時姑姑在一旁說。

「我覺得不怎麼好吃！我不想吃！」

「怎麼會？一起去嘛！自己一個人怎麼去吃辣炒雞排啊？」姑姑用哀求的眼神望著我。

「如果沒辦法自己去吃，那姑姑就結婚啊！」我冷冷地說。

「什麼？」姑姑大吼一聲。這又不是什麼大事，有必要吼成那樣？

而我感覺自己好像說錯話，感到有點抱歉，最後還是跟著姑姑一起去。

我們走進辣炒雞排店，才一坐到位子上，沒想到浩秦和浩秦的舅舅也在這，雙方不期而遇。

浩秦和浩秦的舅舅看見我和姑姑後嚇了一大跳，浩秦正想朝我走過來時，浩秦的舅舅一把抓住了他的手臂，並拉著他往反方向走去。

「如真！」浩秦舉起了手，我也向他揮了揮手。

「今天是我在舅舅家的最後一天，明天我就要離開這奇怪又可疑的公寓了。」浩秦說。

「這也是我在姑姑家最後的晚餐，我也是明天就要離開這奇怪又可疑的公寓。」我也說。

浩秦和我持續大聲地交談，餐廳裡的人們都皺起了眉頭。餐廳老闆走了過來，問我們要不要乾脆坐一桌，於是最後浩秦和浩秦的舅舅便過來我們這一桌一起坐。

「您怎麼沒去吃牛排啊？」姑姑譏諷地說。

「那您又怎麼不去吃豬排呢？」舅舅也不認輸地說。

「之後我和如真不在，就您兩位一起來吃辣炒雞排就行啦！」浩秦突然沒頭沒腦地說。他一說完，浩秦的舅舅和姑姑兩人幾乎同時揮舞雙手並暴跳起來喊不要。

「看到老爺爺的經歷，您都沒感覺嗎？這樣一直獨自生活下去，以後老了變成駝背的老爺爺和老奶奶的話，您打算怎麼辦？趁現在快搬到別的公寓去，然後趕快結婚吧！」浩秦激動又嚴肅地說，立刻被

浩秦的舅舅揍了一拳，制止他再說下去。

我一邊吃著一邊想著馬上就要面對的種種事情，我不由地嘆了口氣。想到往後的生活，時不時就要回答奶奶問的所有問題，我的眼前就一片模糊。

不過換個角度想想，要忍受髒亂、不便，感到孤獨時還要裝作若無其事，臉皮還要厚，還絕對不能干涉他人的事。比起那樣子自己生活，還不如有人和自己一起清理髒亂、一起把故障的東西修好，還能一邊吃著奶奶喜歡的地瓜一邊聊天。這麼一想，突然覺得好像也還不錯。不如我也來偷偷干涉奶奶的事情吧？呵，那一定很好玩。從以前到現在，我只覺得回答奶奶的問題很煩，但我從來沒想過我也可以去煩她。哈！奶奶，請您拭目以待吧！

嘟嚕嚕嘟嚕嚕。

這時我的手機響了，是媽媽打來的。

「如真嗎？妳怎麼都沒跟媽媽說？爸爸有說他看了公寓要簽約之類的，妳應該要讓我知道啊！他看的那間公寓環境不怎麼好，交通不便利、居住環境也很吵雜。妳爸爸到時候要從那裡去公司上班，每天可有罪受的了。反正，我從沒見過妳爸靠他自己做好什麼事！沒有我的話，他根本什麼事都辦不成！總之我跟他約了要見面，讓妳知道一下！對了，姑姑有打電話給我。她說要送妳到奶奶家，妳先在那等一下，媽媽會再跟妳聯繫。」媽媽迅速地把她要說的話說完後便掛了電話。

我夾起一塊雞排放進嘴裡，接著手機又響了。這次是爸爸打來的電話，很神奇的是爸媽總是會在差不多的時間點傳訊息或打電話給我。

「如真！妳都沒告訴爸爸你媽找到工作的事情啊！媽媽她身體虛弱，沒辦法出門工作的！到時賺到的錢可能都要拿去買藥了。妳媽就連生病也不會自己去醫院，她還一天到晚忘記要吃藥！她生病的話還得了？到時事情就嚴重了！總之，我等下會跟媽媽見個面。還有聽說妳因為干涉別人的事，結果被姑姑送走啦？爸爸之後會再打給妳，妳就再等一下吧！」

還真會大驚小怪！爸媽該不會忘記他們已經離婚了吧？但在接完

爸媽的電話之後，我的內心莫名興奮不已。我的心臟好像變成了一顆氣球，輕飄飄地像隨時要飛起來似地。整個人也不自覺一直傻呵呵地笑著，不知道為什麼有一種預感，我好像不用去煩奶奶了。

吃完辣炒雞排回公寓後，我把背包全部整理好了。

「姑姑，我走之後，萬一又出現蟑螂怎麼辦？」我一邊說，一邊躺進被窩裡。

「妳一定要講那麼嚇人的話嗎？」姑姑發起抖來。

「浩秦也是明天就要離開了，以後沒人來幫姑姑抓蟑螂了！」

「每天噴藥就行了。」

「萬一噴藥，蟑螂還是一直出現呢？」

「趕快睡妳的覺！」姑姑生氣了。

熄燈正準備進入夢鄉的時候，姑姑的電話響了。

「啊？什麼意思？好啦！知道了，就先這樣吧。」姑姑回了幾句後，便掛了電話。

「如真！妳起來一下！」姑姑把燈打開。

「我搞不懂什麼情況，但妳爸剛打電話來說請我先不要送妳去奶奶家，讓妳在這再多待幾天。他說明天要去看妳以前原本住的那間公寓，說找到適合的房子就馬上簽約，然後來把妳接走。這到底是在說什麼？我聽也聽不懂。總而言之，妳可以不用去奶奶家了。但妳在這多待的這幾天，可不准再闖禍了，知道嗎？」姑姑說完捏了我的鼻子扭一下。

「啊，會痛啦！」我裝作很痛的樣子，其實一點也不痛，我邊喊痛邊噗哧地偷笑。

如果看不慣媽媽亂擠牙膏，那爸爸就幫媽媽擠就行了，爸爸如果

不想先喝湯，那媽媽就盛好飯後，先餵爸爸吃一口飯就行了，就是這麼簡單的事情。

我甚至還想了遙遠的未來，如果爸媽分開生活，我應該會忙得不可開交。萬一他們生病了，光是要照顧爸媽就夠我奔波了。住在同一個家一起生活，從各種層面來看，都是最便利的。

「我徹底放棄自己生活！」我傳了訊息給浩秦。

「超級贊成。」浩秦很快就回覆了。

「我很快就要回去了，到時候見。」我也傳訊息給美芝。雖然心裡有點擔心，因為我並不是真的去了柬埔寨和馬來西亞，但那點問題還算好解決。我努力地上網找資料，假裝像親自去過一樣，介紹給美芝聽就行了，沒什麼困難的。

「以後萬一蟑螂出現怎麼辦啊？」

姑姑蜷縮在床上，開始擔心了起來。

作者的話

今天要怎麼打招呼呢？

還記得我上小學的時候，距離我們村子一段路的地方，那有一間像窩棚的房子。那房子裡住了一個四十多歲的女人，她原本在大城市裡生活，不曉得什麼原因，她獨自來到了鄉下，她不太和村人們交談，走路也總是低著頭。她主要在別人家幫忙做農活，透過賺取到的工錢來維持生活。有人說她患有輕微的精神分裂症，也有人說她染上了惡疾，關於她的傳聞層出不窮。雖說鄉下很重人情，但也許是因為那些傳聞，村子的人們除非是急需人手幫忙，否則不會去她家。

有一年冬天，天氣特別地寒冷，好一陣子都沒見到那個獨自生活的女人。以前偶爾還會看到她到井邊取水，或去山上拾柴火的身影，然而那段時間卻都沒有見到。

就這樣到了春天，她的遺體被發現了。當時全村當然也包含我，都受到非常大的衝擊。村子的人們於是異口同聲的表示，這就是為什麼人類必須一起共同生活的原因，而我也就此下定決心，我以後絕對不要自己一個人生活，而且要偶爾當個雞婆、愛管閒事的人。

即便是現在，我依然抱持著那份決心。近期喜歡獨自生活的人變多了，其中大部分的人很討厭被干涉。人們築起一道肉眼看不見的牆，對所有靠近的人事物一律保持警戒。然而這世界變得比以前更加冷漠及險惡，因此人們會這麼做，也並非毫無道理。只不過，在我們單看結果前，也許可以試著想想看，世界為什麼會發生這樣的變化。

每當我在公寓的電梯裡見到人們的時候，我總會主動搭話。

「您好嗎？」

「第一次見到您，您剛搬到這裡嗎？」

「小狗狗好可愛。」

「天氣真的很好耶！」

不管喜歡與否，那些收到我問候的人都會給予回應，如果每個人都可以這樣敞開心扉的話該有多好。只要我們彼此打開心胸，便能夠自然而然地和諧相處，如此一來，這個世界是不是就會變得更加滋潤和柔軟呢？倘若彼此相處融洽，就不會執意要獨自一個人生活。而且假設周遭有獨自生活的鄰居，人們也一定會願意給予更多的關心和關懷。

如果是那樣，新聞裡便也不會頻繁地傳出孤獨死亡的事件了。

天氣風和日麗，我正思考著今天在電梯裡要怎麼和人們打招呼。

願這個世界變得滋潤、柔軟　朴炫淑

故事館 031

奇怪的系列 1：奇怪的公寓

수상한 아파트

作　　者	朴賢淑（박현숙；Hyun Suk Park）
繪　　者	張敍暎（장서영；Seo Yeong Jang）
譯　　者	林盈楹
責任編輯	蔡宜娟
語文審訂	張銀盛（台灣師大國文碩士）
封面設計	張天薪
內頁排版	連紫吟・曹任華
出版發行	采實文化事業股份有限公司
童書行銷	張惠屏・侯宜廷・林佩琪・張怡潔
業務發行	張世明・林踏欣・林坤蓉・王貞玉
國際版權	施維真・王盈潔
印務採購	曾玉霞
會計行政	許俽瑀・李韶婉・張婕莛
法律顧問	第一國際法律事務所　余淑杏律師
電子信箱	acme@acmebook.com.tw
采實官網	www.acmebook.com.tw
采實臉書	www.facebook.com/acmebook01
采實童書粉絲團	https://www.facebook.com/acmestory/
ISBN	978-626-349-485-5
定　　價	320元
初版一刷	2023 年 12 月
劃撥帳號	50148859
劃撥戶名	采實文化事業股份有限公司
	104台北市中山區南京東路二段95號9樓
	電話：(02)2511-9798　傳真：(02)2571-3298

國家圖書館出版品預行編目資料

奇怪的系列 . 1, 奇怪的公寓 / 朴賢淑文 ; 張敍暎繪 ;
林盈楹譯 . -- 初版 . -- 臺北市 : 采實文化事業股份有
限公司 , 2023.12
256 面 ; 14.8×21 公分 . -- (故事館 ; 31)
譯自 : 수상한 아파트
ISBN 978-626-349-485-5 (平裝)
862.59　　112017521

線上讀者回函

立即掃描 QR Code 或輸入下方網址，連結采實文化線上讀者回函，未來會不定期寄送書訊、活動消息，並有機會免費參加抽獎活動。

https://bit.ly/37oKZEa

采實出版集團
ACME PUBLISHING GROUP